Juego de villanos

LUISA VALENZUELA

Juego de villanos

Juego de villanos
LUISA VALENZUELA

Alcalá de Guadaira 26, bajos
08020 Barcelona

Director de colección: José Díaz
Ilustración de cubierta: Fernando Figowy
Diseño de cubierta y maquetación: Jennifer Carná

ISBN: 978-84-96473-20-1
D.L.: B-42478-2008

Impreso en Romanyà Valls

www.thuleediciones.com

Los conjuros de la *brhada*: cuentículos de magia con nuevas yerbas

> Lao Tsé tira una pedrada. Y se va. Después vuelve a tirar otra pedrada y se vuelve a ir; todas sus pedradas, aunque duras, son frutas; pero, naturalmente, el viejo caprichoso no se las va a pelar a uno.
>
> HENRI MICHAUX, *Un bárbaro en Asia*

Estimada víctima:

Antes de nada, felicítese por la elección del libro que tiene entre manos y, sobre todo, porque Thule haya escogido a Luisa Valenzuela para formar parte de su colección *Micromundos*. En los próximos minutos conocerá a una autora imprescindible en el universo de la minificción, comentada desde muy temprano por los conocedores del género y culpable de que muchos hayan quedado atrapados en la red de la brevedad.

Acomódese en su sillón y acepte las villanías por venir. Por ello le advierto: está a punto de enfrentarse con una *brhada* y sus poderosos conjuros. Por si aún no lo ha deducido, le diré que este eufónico sustantivo surge a partir de la combinación de *bruja* y de *hada,* fue acuñado por la escritora para uno de sus cuentos y que, con la evidente carga de rebeldía, magia e ilusión que conlleva, define mejor que cualquier otro su extraordinaria personalidad.

Voluntariamente villana —en su múltiple acepción de *malévola, contraria a las reglas de urbanidad y desafiantemente espontánea*—, la corsaria Valenzuela ha elegido este título para la presenta antología porque sabe lanzarse al abordaje en cada una de sus páginas, sometiendo al receptor a un continuo proceso de extrañamiento que lo obliga a leerla manos arriba: «juego de manos, juego de villanos». Erudita sin pedantería, irónica sin amargura e ingeniosa sin empalago, escribe siempre al filo de la navaja, lo que explica su pasión por los experimentos literarios.

No en vano creció rodeada de grandes creadores como Jorge Luis Borges, Adolfo Bioy Casares o Luisa Mercedes Levinson, su madre; ha ejercido múltiples profesiones, viajado por los más exóticos lugares del planeta y habla con la misma fluidez francés, inglés y español, entre otros idiomas.

En su trayectoria literaria, ha alternado el ejercicio de la novela —*Hay que sonreír* (1966), *El gato eficaz* (1972), *Como en la Guerra* (1977), *Cola de lagartija* (1983), *Novela negra con argentinos* (1990), *Realidad nacional desde la cama* (1990), *La travesía* (2001)— con el ensayo —*Peligrosas Palabras* (2001), *Escritura y Secreto* (2002)—, la miscelánea autobiográfica —*Los deseos oscuros y los otros. Cuadernos de Nueva York* (2001), *Acerca de Dios (o Aleja)* (2007)— y la escritura de brevedades en forma de cuentos o minificción: *Los heréticos* (1967), *Aquí pasan cosas raras* (1976), *Libro que no muerde* (1980), *Donde viven las águilas* (1983), *Cambio de armas* (1982), *Simetrías* (1993) y *Brevs* (2004). A este último aspecto de su obra dedicaré las siguientes páginas pues, me atrevo a apuntar, en él ha cosechado sus mayores logros.

Para indagar en su poética me valdré de sus propias declaraciones, ya que Valenzuela siempre ha sabido aunar la vertiente creativa con la meditación crítica sobre su escritura. Así se explica también que su artículo «Intensidad en pocas líneas», publicado el 2 de febrero de este año en el diario *La Nación* y en el que demuestra fehacientemente su interés por el microrrelato, aparezca como epílogo del presente volumen.

La autora destaca su temprana incursión en la nueva categoría textual —sin conciencia de ello— con unos textos que llamó *miniminis* y en una época en que sólo se atrevió a publicar un par: «Empecé a practicar este ágil arte, sin saberlo, de muy joven, cuando en Radio Municipal a mediados de los '60 tenía un *micro* (apócope para microprograma, justamente) que llamé *Cuentículos de magia y otras yerbas*» (Valenzuela 2004: 9). Su interés por el género, sin embargo, le permitió ganar con «Visión de reojo» la sexta edición del «Concurso Internacional de Cuento Brevísimo», organizado por la revista mexicana *El Cuento*.

Este microrrelato, justamente reconocido en las antologías, sería posteriormente incluido en *Aquí pasan cosas raras*, volumen que, aunque presenta algunos textos de mayor extensión, reúne en su mayor parte brevedades signadas por la alegoría. Creadas en un mes, reflejan las duras condiciones en que fueron escritas; tras uno de sus viajes Valenzuela regresó a Argentina para registrar con estupefacción la violencia y represión institucionalizadas en el país por el gobierno de López Rega, hecho que la llevó a fracturar su discurso en pro de una nueva forma de expresión marcada por la intensidad y por la aparición de un sujeto en muchos casos autorreferencial: «De regreso a mi país debí enfrentarme con la insólita situación de un descontrolado terrorismo de Estado. Para tratar de reincorporarme y de comprender lo que estaba pasando decidí escribirlo. Pensé que a razón de un cuento por día al cabo de un mes tendría el libro completo. Lo logré. Los cuentos son repentistas, como le gustaba decir a mi madre, porque fueron escritos de repente, en el fragor del espanto, escuchando alguna frase suelta en algún café de barrio. Aquí pasan cosas raras. Ese fue el título del libro, y debo reconocer que pasar, pasaban» (Valenzuela 2001: 205).

Una serie de isotopías temáticas y estilísticas reflejan la relevancia de lo no dicho en sus páginas: «[Los textos] fueron gestándose al azar en conversaciones oídas a medias, palabras sueltas, secreteadas, dichas con temor. Estimulados por las *razzias* súbitas, el inesperado despliegue de armas y las ululantes sirenas parapoliciales desgarrando el aire de la ciudad» (Valenzuela 2001: 130). La escritora ha subrayado en más de una ocasión la valentía de sus editores en este momento, que lanzaron el volumen con el subtítulo de «el primer libro sobre la época de López Rega» aunque, como comenta en el prólogo a la segunda edición, «sabían muy bien que nada había cambiado, que por lo contrario todo se había vuelto más subterráneo, solapado y aterrador porque íbamos cayendo en el tobogán del silenciamiento» (Valenzuela 1991: 6).

En 1979 llega el momento del exilio y, con él, la necesidad de espulgar sus cuadernos para cargar con lo más granado de su producción. De ahí surge *Libro que no muerde*, conjunto de minificciones que, como explica Gustavo Sainz en el prólogo a *Cuentos completos y uno más,* debe su título a dos expresiones populares: «Agarrá los libros, que no muerden, cuando se le recomienda a los niños estudiar. Es también un dicho opuesto a la célebre frase peronista: alpargatas sí, libros no» (Sainz: 19).

Estos textos esenciales, preñados de poesía, humor, grotesco y absurdo a partes iguales, le parecían en este momento un experimento literario: «Puedo ahora confesar que mis primeras incursiones en el género, mucho antes de saber que eso era o podía ser considerado un género, surgieron a raíz del exilio voluntario» (Valenzuela 2002: 107). Así, suponen lo que ella misma define como «otro salto cuántico. *Libro que no muerde.* Está hecho de retazos, de pequeñas piezas mínimas encontradas en los sempiternos cuadernos que habría de dejar atrás porque partía hacia un exilio que nunca quise considerar como tal sino como simple expatriación c/o los militares imperantes» (Valenzuela 2001: 206).

Esta situación de desconocimiento duraría, sin embargo, poco tiempo, pues Valenzuela preparó *Brevs* con absoluta conciencia de género. El propio título en la cubierta del volumen, con la utilización de las mayúsculas y la omisión de la letra «e» del final —homenaje a los juegos oulipianos y quizás, a la novela *La disparition* de Georges Pérec, escrita con ausencia total de esta vocal—, es seguido por un significativo subtítulo —«Microrrelatos completos hasta hoy»— y por el dibujo *naïf* de una niña balanceándose en un columpio. De este modo, la escritora nos descubre una categoría textual dinámica y que practicará mientras viva, basada en el juego y la ruptura de los cánones instaurados por la *literatura oficial*.

En la introducción al volumen reflexiona sobre el género, continuando una meditación que tuvo su origen en un «Taller sobre escritura breve» impartido en la universidad de Monterrey y cuyos apuntes fueron incluidos en el ensayo *Escritura y secreto*. Así, conocemos su visión de unos textos especialmente receptivos a elementos clave de su poética: libertad no exenta de contención,[1] exploración de la realidad oculta,[2] celebración del lenguaje,[3] importancia

1. «La mano loca para escribir, la cabeza cuerda para corregir y la otra mano despiadada para hacer un bollito y a la cesta cuando la cosa no funciona» (Valenzuela 2002: 115).

2. Relacionada con su interés por la Patafísica, en cuyo colegio argentino fue nombrada Comendadora Exquisita de la Orden de la Grande Gidouille: «La 'Patafísica (escrita así, con espíritu como en griego antiguo porque va tanto más allá de la metafísica cuanto la metafísica va más allá de la física) propone ver el mundo complementario de éste en el que vivimos y no tomar lo serio en serio. (...) Me parece valioso enfocarla desde otro ángulo (...) para abordar el microrrelato en todo su potencial de sorprendente y acotada custodia del Secreto» (Valenzuela 2002: 119).

3. «Es el principal protagonista, sobre todo cuando queda al descubierto su capacidad de contradicción o su potencial para develar verdades que el emisor pretendió disfrazar u ocultar. La ambigüedad semántica se presta a variedad de combinatorias, unas más lúcidas que otras» (Valenzuela 2002: 105).

de lo no dicho,[4] defensa de los juegos intertextuales[5] y mensaje abierto.[6] Todo ello, potenciado por la característica indeterminación de las mejores minificciones: «El texto superbreve es un disparador, a veces un estimulante del mismo miedo, un acicate para moverse a otro lado, a otro lado más allá de nuestros habituales sistemas para explicarnos lo inexplicable (...). Pescar ese instante [espacio-tiempo que se crea y desaparece entre dos acciones], asumirlo sin congelar la acción es lo que se espera en esta narrativa de cambio que hoy llamamos microrrelato o microcuento o minificción» (Valenzuela 2004: 8).[7] Un poco más adelante, en consonancia con el epígrafe elegido para estas páginas, destacará: «El microrrelato ideal es el que apenas roza la superficie de una idea y se va, dejándonos un latido que —con suerte— puede atraer otras vibraciones y alegrarnos el día» (Valenzuela 2004: 9).

La conciencia de encontrarse ante una nueva categoría textual se repite en su entrevista con el diario mexicano *La Jornada*: «Yo sé que cuando algo empieza con una pequeña frase va a ser un microrrelato, y ahí queda en su mínima expresión. Cuando se trata de un cuento o una novela son distintos los acercamientos a la realidad» (Palapa: 1). Por ello, ante la pregunta «¿Qué se dice en un microcuento que no se

4. «La primera y quizás única (a mi entender) regla del microrrelato, aparte de su lógica y antonomástica brevedad, consiste en estar plena y absolutamente alerta al lenguaje, percibir todo lo que las palabras dicen en sus variadas acepciones y sobre todo lo que NO dicen, lo que ocultan o disfrazan» (Valenzuela 2002: 103).

5. «Trabajan muy adentro del lenguaje y también de las tradiciones o de la gran literatura; hay cantidades de microrrelatos acerca del Quijote, una novela tan larga» (Palapa: 1).

6. «Por eso me gusta el microrrelato, porque surge así, enterito, de una zona de penumbra a la cual nunca antes le había prestado atención. Surge y, cuando tiene la fuerza que corresponde, me deslumbra» (Valenzuela 2002: 113).

7. La declaración parece recuperar una frase de Irwing Howe citada en Escritura y secreto: «En los cortos cuentos cortos el escritor no tiene una segunda oportunidad. La red de pescar ilusiones puede ser arrojada sólo una vez» (Valenzuela 2002: 97).

dice en un cuento?», contesta: «Se dice la posibilidad de que no se necesitan muchas palabras para decir muchas cosas. Pero yo no lo exploro como género; de golpe sale alguno. Muchos ni siquiera fueron escritos con la intención de ser publicados. (...) Están muy trabajados con el lenguaje, que dice tanto más de lo que uno se da cuenta a simple vista o a simple oído. El microcuento te permite explorar, hacer juegos sutiles de palabras, te da todo un pequeño universo en unos segundos, en un minuto de lectura» (Bianchi: 1).

Queda claro el desafío que supone la lectura de las minificciones de Valenzuela, una autora que, en la línea de los mejores cultores del género, utiliza sus palabras como mortíferas cargas de profundidad. Permítanme pues que la compare con Luis Britto García, el autor venezolano elegido por Thule para iniciar su excursión por los *Micromundos* y que nos brindó en el «Maximanual del minicuento» reflexiones tan brillantes como las siguientes:

> La pesadez divorcia salutación, referencia, instigación, subjetividad, poesía, metalenguaje: la microficción las reconcilia en el éxtasis de la levedad.
>
> Por ley de la paradoja sólo lo mínimo puede hacernos comprender lo desmesurado.
>
> Hiere la espada porque su punta ha sido reducida al mínimo que concentra la estocada.
>
> Nada separa la idea pura del microrrelato.
>
> No es perfecta la microficción que termina en pocas palabras sino la que no acaba nunca en el recuerdo. (Britto: 1-4).

Llega la hora, querida víctima, de que disfrute de este huidizo género en manos de una de sus mejores cultivadoras. Una última advertencia: en este libro se encuentran reunidas minificciones clásicas con nuevos e inéditos «juegos», de modo que le será revelado el más peligroso compendio de conjuros de la *brhada*. Tras experimentarlos en su piel, probablemente entrará a formar parte de *nuestra* secta. No se resista, pues, y recupere el placer con el que leía en la adolescencia. En este momento, el juego comienza.

FRANCISCA NOGUEROL JIMÉNEZ
Universidad de Salamanca

Bibliografía citada:

Bianchi, Sandra (2006): «Los textos *brevs* de Luisa Valenzuela», en www.luisavalenzuela.com/bibliografia/ecriticos/Sbianchi2.htm (25/3/2008).

Britto, García, Luis (2005): «Maximanual del minicuento», *El cuento en red*, nº 11, en http://cuentoenred.org, (15/12/2006).

Palapa Quijas, Fabiola (2007): «Luisa Valenzuela: El microrrelato permite tener presencia a todo lo no dicho», *La Jornada*, 21/11, en http://www.jornada.unam.mx /2007/11/21/index.html (31/3/2008).

Sainz, Gustavo (1999): «La narrativa de Luisa Valenzuela. Prólogo», en *Cuentos completos y uno más*. México, Alfaguara, págs. 19-27.

Valenzuela, Luisa (1991): «Prólogo» de *Aquí pasan cosas raras*. Buenos Aires, De la Flor. [1975]. 2.ª edición.

_ (1999) *Cuentos completos y uno más*. México, Alfaguara.

_ (2001) *Peligrosas palabras*. Buenos Aires, Temas.

_ (2002) *Escritura y secreto*. Madrid, FCE.

_ (2004) *Brevs microrrelatos completos hasta hoy*. Córdoba, Alción.

El abecedario

El primer día de enero se despertó al alba y ese hecho fortuito determinó que resolviera ser metódico en su vida. En adelante actuaría con todas las reglas del arte. Se ajustaría a todos los códigos. Respetaría, sobre todo, el viejo y buen abecedario que, al fin y al cabo, es la base del entendimiento humano.

Para cumplir con este plan empezó como es natural por la letra A. Por lo tanto la primera semana amó a Ana; almorzó albóndigas, arroz con azafrán, asado a la árabe y ananás. Adquirió anís, aguardiente y hasta un poco de alcohol. Solamente anduvo en auto, asistió asiduamente al cine Arizona, leyó *Amalia*, exclamó ¡ahijuna! y también ¡aleluya! y ¡albricias! Ascendió a un árbol, adquirió un antifaz para asaltar un almacén y amaestró una alondra.

Todo iba a pedir de boca. Y de vocabulario. Siempre respetuoso del orden de las letras la segunda semana birló una bicicleta, besó a Beatriz, bebió Borgoña. La tercera cazó cocodrilos, corrió carreras, cortejó a Clara y cerró una cuenta. La cuarta semana se declaró a Desirée, dirigió un diario, dibujó diagramas. La quinta semana engulló empanadas y enfermó del estómago.

Cumplía una experiencia esencial que habría aportado mucho a la humanidad de no ser por el accidente que le impidió llegar a la Z. La decimotercera semana, sin tenerlo previsto, murió de meningitis.

Juguemos al fornicón

Es éste un juego inventado por mí para pasar bien el rato en compañía. Cualquiera puede aprenderlo: es sencillo, no se desordena demasiado la casa y distrae de las cotidianas preocupaciones. Se juega mejor en parejas y conviene, aunque no es imprescindible, tener una cama a mano y jugar a media luz. Quedan terminantemente prohibidos los goles de media cancha.

Como no hay vencedores ni vencidos, el fornicón casi nunca crea altercados. La partida llega a su fin cuando uno de los dos —o más— participantes cae exhausto; lo que no quiere decir que haya sido derrotado, más bien todo lo contrario: el que más se brinda es el que mejor juega.

Modo de jugar:

Uno de los jugadores debe asumir el rol más o menos activo. Es decir que comenzará el juego estirando una mano sobre el contrincante y tratando de alojarla en sus partes más recónditas. Ese primer movimiento empezará a darle calor a la partida. Una vez que la mano esté bien ubicada y calentita, el jugador 1 acercará todo su cuerpo al jugador 2 y juntos empezarán a practicar una especie de respiración boca a boca que llamaremos beso. Es éste un ejercicio bastante sano que oxigena los pulmones y alienta a seguir adelante.

En ningún momento debe olvidarse esa mano que ha ido avanzando sin necesidad de tomar el cubilete. Por lo contrario, conviene tratar de introducir aunque sea un dedo en el cubilete del contrincante, haciéndolo —al dedo— rotar con precaución. En este punto del juego conviene que el jugador 2 comience a actuar, si no lo ha hecho antes de puro atolondrado/a. A esos efectos, debe a su vez estirar una mano o las dos y proceder a desabrochar los botones que se encuentren debajo de la cintura del jugador 1. Por fin encontrará algo quizá sorprendente. Debe ponderar con entusiasmo lo que encuentre, sin dejar por eso de practicar la respiración boca a boca anteriormente mencionada.

Nunca debe olvidarse que éste es un juego de salón y no una competencia; por lo tanto conviene reservar para el final la culminación del fornicón —llamada orgasmo— y no proceder a ella antes de entrar en la segunda etapa del juego.

En esta segunda etapa, los jugadores, sin saber bien cómo ni cuándo, deben estar ya completamente desvestidos. El pudor no cabe en este juego, ni tampoco la prudencia. Ha llegado el momento de estirarse sobre la cama y desplazar la respiración boca a boca a otras partes del cuerpo.

Todo buen jugador debe haber llegado a este punto sin ofuscarse demasiado —cosa que puede estropear la partida—, pero comentando en voz susurrada los pormenores del caso. Una vez en posición horizontal, puede levantarse la voz y no es necesario emitir palabras inteligibles. Hemos llegado así al punto en que los dos jugadores entran verdaderamente en contacto, pues se debe producir la penetración parcial del uno por el otro. Ambos deben realizar entonces un movimiento de vaivén combinado con otro de rotación. Éste es el punto más difícil del juego, y consiste en ensayar el mayor número y variedad de poses sin romper el contacto. El juego se enriquece en función directa a la imaginación y al entusiasmo que ponga cada uno de los participantes en practicarlo.

El partido termina con gritos y suspiros, pero puede ser recomenzado cuantas veces se quiera. O se pueda.

Advertencia:

Lamentablemente, como el fornicón es también un trabajo que se realiza para propagar la especie, se aconseja asesorarse antes en los negocios del ramo sobre las precauciones a tomar para darle un carácter verdaderamente lúdico.

Test gastroparental

Antes de lanzarse al juego del fornicón, es aconsejable realizar el siguiente test para formar las parejas por gustos afines u opuestos, según se lo desee.

a) Lea con atención las siguientes definiciones:

> Papar: comer cosas blandas sin mascar.
> Mamar: chupar la leche de los pechos.
> *(Pequeño Larousse Ilustrado)*

b) Responda con sinceridad a las siguientes preguntas:

> —¿Es usted hombre o mujer?
> —¿Quiere más a su padre o a su madre?
> —¿Prefiere usted papar o mamar?

Los mejor calzados

Invasión de mendigos pero queda un consuelo: a ninguno le faltan zapatos, zapatos sobran. Eso sí, en ciertas oportunidades hay que quitárselo a alguna pierna descuartizada que se encuentra entre los matorrales y sólo sirve para calzar a un rengo. Pero esto no ocurre a menudo, en general se encuentra el cadáver completito con los dos zapatos intactos. En cambio las ropas sí están inutilizadas. Suelen presentar orificios de bala y manchas de sangre, o han sido desgarradas a latigazos, o la picana eléctrica les ha dejado unas quemaduras muy feas y difíciles de ocultar. Por eso no contamos con la ropa, pero los zapatos vienen chiche. Y en general se trata de buenos zapatos que han sufrido poco uso porque a sus propietarios no se les deja llegar demasiado lejos en la vida. Apenas asoman la cabeza, apenas piensan (y el pensar no deteriora los zapatos) ya está todo cantado y les basta con dar unos pocos pasos para que ellos les tronchen la carrera.

Es decir que zapatos encontramos, y como no siempre son del número que se necesita, hemos instalado en un baldío del Bajo un puestito de canje. Cobramos muy contados pesos por el servicio: a un mendigo no se le puede pedir mucho pero sí que contribuya a pagar la yerba mate y algún bizcochito de grasa. Sólo ganamos dinero de verdad cuando por fin se logra alguna venta. A veces los familiares de los muertos, enterados vaya uno a saber cómo de nuestra existencia, se llegan hasta nosotros para rogarnos que les vendamos los zapatos del finado si es que los tenemos. Los zapatos son lo único que pueden enterrar, los pobres, porque claro, jamás les permitirán llevarse el cuerpo.

Es realmente lamentable que un buen par de zapatos salga de circulación, pero de algo tenemos que vivir también nosotros y además no podemos negarnos a una obra de bien. El nuestro es un verdadero apostolado y así lo entiende la policía que nunca nos molesta mientras merodeamos por baldíos, zanjones, descampados, bosquecitos y demás rincones donde se puede ocultar algún cadáver. Bien sabe la policía que es gracias a nosotros que esta ciudad puede jactarse de ser la de los mendigos mejor calzados del mundo.

Sursum corda

Hoy en día ya no se puede hacer nada bajo cuerda: las cuerdas vienen muy finas y hay quienes se enteran de todo lo que está ocurriendo. Cuerdas eran las de antes que venían tupidas y no las de ahora, cuerdas flojas. Y así estamos, ¿vio? Bailando en la cuerda floja y digo vio no por caer en un vicio verbal caro a mis compatriotas sino porque seguramente usted lo debe de haber visto si bien no lo ha notado. Todos bailamos en la cuerda floja y se lo siente en las calles aunque uno a veces crea que es culpa de los baches. Y ese ligero mareo que suele aquejarnos y que atribuimos al exceso de vino en las comidas, no: la cuerda floja. Y el brusco desviarse de los automovilistas o el barquinazo del colectivero, provocados por lo mismo pero como uno se acostumbra a todo también esto nos parece natural ahora. Sobre la cuerda floja sin poder hacer nada bajo cuerda. Alegrémonos mientras las cosas no se pongan más espesas y nos encontremos todos con la soga al cuello.

Visión de reojo

La verdá, la verdá, me plantó la mano en el culo y yo estaba ya a punto de pegarle cuatro gritos cuando el colectivo pasó frente a una iglesia y lo vi santiguarse. Buen muchacho después de todo, me dije. Quizá no lo esté haciendo a propósito o quizá su mano derecha ignore lo que su izquierda hace o. Traté de correrme al interior del coche —porque una cosa es justificar y otra muy distinta es dejarse manosear— pero cada vez subían más pasajeros y no había forma. Mis esguinces sólo sirvieron para que él meta mejor la mano y hasta me acaricie. Yo me movía nerviosa. Él también. Pasamos frente a otra iglesia pero ni se dio cuenta y se llevó la mano a la cara sólo para secarse el sudor. Yo lo empecé a mirar de reojo haciéndome la disimulada, no fuera a creer que me estaba gustando. Imposible correrme y eso que me sacudía. Decidí entonces tomarme la revancha y a mi vez le planté la mano en el culo a él. Pocas cuadras después una oleada de gente me sacó de su lado a empujones. Los que bajaban me arrancaron del colectivo y ahora lamento haberlo perdido así de golpe porque en su billetera sólo había setenta y cuatro pesos y más hubiera podido sacarle en un encuentro a solas. Parecía cariñoso. Y muy desprendido.

Pavada de suicidio

Ismael agarró el revólver y se lo pasó por la cara despacito. Después oprimió el gatillo y se oyó el disparo. Pam. Un muerto más en la ciudad, la cosa ya es un vicio. Primero agarró el revólver que estaba en un cajón del escritorio, después se lo pasó suavemente por la cara, después se lo plantó sobre la sien y disparó. Sin decir palabra. Pam. Muerto.

Recapitulemos: el escritorio es bien solemne, de veras ministerial (nos referimos a la estancia-escritorio). El mueble escritorio también, muy ministerial y cubierto con un vidrio que debe de haber reflejado la escena y el asombro. Ismael sabía dónde se encontraba el revólver, él mismo lo había escondido allí. Así que no perdió tiempo en eso, le bastó con abrir el cajón correspondiente y meter la mano hasta el fondo. Después lo sujetó bien, se lo pasó por la cara con una cierta voluptuosidad antes de apoyárselo contra la sien y oprimir el gatillo. Fue algo casi sensual y bastante inesperado. Hasta para él mismo pero ni tuvo tiempo de pensarlo. Un gesto sin importancia y la bala ya había sido disparada.

Falta algo: Ismael en el bar con un vaso en la mano reflexionando sobre su futura acción y las posibles consecuencias.

Hay que retroceder más aún si se quiere llegar a la verdad: Ismael en la cuna llorando porque está sucio y no lo cambian.

No tanto.

Ismael en la primaria peleándose con un compañerito que mucho más tarde llegaría a ser ministro, sería su amigo, sería traidor.

No. Ismael en el ministerio sin poder denunciar lo que sabía, amordazado. Ismael en el bar con el vaso en la mano (el tercer vaso) y la decisión irrevocable: mejor la muerte.

Ismael empujando la puerta giratoria de entrada al edificio, empujando la puerta vaivén de entrada al cuerpo de oficinas, saludando a la guardia, empujando la puerta de entrada a su despacho. Una vez en su despacho, siete pasos hasta su escritorio. Asombro, la acción de abrir el cajón, retirar el revólver y pasárselo por la cara, casi única y muy rápida. La acción de apoyárselo contra la sien y oprimir el gatillo, otra acción pero inmediata a la anterior. Pam. Muerto. E Ismael saliendo casi aliviado de su despacho (el despacho del otro, del ministro) aun previendo lo que le esperaría fuera.

Se lo digo yo

Sí señor, se lo digo yo, que de subterráneos me las sé todas. Nada de bajar en las horas punta porque se le puede rasgar a uno el traje o quedar con la corbata en hilachas. Sí señor, las horas punta son el colmo, cada día las afilan más para embromar a los ciudadanos incautos. Pero se lo merecen por boludos. No tienen más que escucharme a mí y bajar al subte sólo en horas redondeadas. A las 10 de la mañana, pongamos por caso, o a las 9 de la noche.

Otro consejito y va por la misma suma, de obsequio como quien dice, de regalo: si por alguna razón impostergable tienen que viajar en subte en horas punta nunca lleven a sus novias. Ya se imaginan ustedes lo que les puede ocurrir a estas castas damiselas en semejantes circunstancias. Y después no me vengan a decir que no les previne; no me las traigan de vuelta como mercadería averiada porque me consta que han salido enteritas de fábrica y para eso les doy la garantía, pero nadie es tan mago como para protegerlas durante un viaje en subte a las 6 de la tarde. Se lo digo yo que estoy en este negocio desde hace años. Eso sí, si se las sabe cuidar son irreemplazables. ¿El señor lleva una?

Vía vía

Las vías de tranvía abandonadas no mueren donde las cubre el asfalto, y hay quienes toman estas vías y las siguen bajo tierra hasta los territorios grises de la nostalgia de donde sólo se emerge convertido en murciélago. Los murciélagos que han empezado siendo seres humanos que siguieron las vías del tranvía ahora señalan su paso con un campanilleo muy particular y quienes lo oyen se ven obligados a su vez a honrar a los tranvías. No siempre el camino es el mismo. Los hay que honran a los tranvías volviéndose amarillos como con ictericia y hay otros a quienes les crece un troley y se electrizan de a ratos. Nadie se ha dado cuenta de este fenómeno salvo los interesados que se acaban de presentar ante la UTA solicitando la personería jurídica para fundar un nuevo gremio. La UTA se encuentra en un serio dilema: tranvías eran los de antes y no estos que andan con los cables pelados.

El sabor de una medialuna a las nueve de la mañana en un viejo café de barrio donde a los 97 años Rodolfo Mondolfo todavía se reúne con sus amigos los miércoles a la tarde

Qué bueno.

Zoología fantástica

Un peludo, un sapo, una boca de lobo. Lejos, muy lejos, aullaba el pampero para anunciar la salamanca. Aquí, en la ciudad, él pidió otro sapo de cerveza y se lo negaron:

—No te servimos más, con el peludo que traés te basta y sobra...

Él se ofendió porque lo llamaron borracho y dejó la cervecería. Afuera, noche oscura como boca de lobo. Sus ojos de lince le hicieron una mala jugada y no vio el coche que lo atropelló de anca. ¡Caracoles! El conductor se hizo el oso. En el hospital, cama como jaula, papagayo. Desde remotas zonas tropicales llegaban a sus oídos los rugidos de las fieras. Estaba solo como un perro y se hizo la del mono para consolarse. ¡Pobre gato! Manso como un cordero pero torpe como un topo. Había sido un pez en el agua, un lirón durmiendo, fumando era un murciélago. De costumbres gregarias, se llamaba León pero los muchachos de la barra le decían Carpincho.

El exceso de alpiste fue su ruina. Murió como un pajarito.

Escaleran

¿Acaso no necesita usted alquilar una escalera? Hay que nivelar hacia arriba, nos dijeron, y no hay duda que todos aspiramos a llegar más alto pero no siempre poseemos medios propios para alcanzar la cima, por eso a veces nos vemos necesitados de una escalera idónea. Nuestra fábrica le ofrece todo tipo de escaleras, desde la humilde escalera de pintor hasta la fastuosa escalera real hecha de un mismo palo. Un palo muy bien tallado, claro, palo de rosa por ejemplo o palo de amasar (¡de amansar!) para esposas autoritarias como la mía. Aunque el autoritarismo no está permitido en nuestras plantas donde impera, eso sí, la tan mentada verticalidad. Desde un punto de vista práctico no sabemos muy bien qué significa esa palabra, pero en lo que a escaleras respecta, la verticalidad es la norma. Cuando quisimos fabricar escaleras horizontales para nivelar a nivel, los obreros se sublevaron e hicieron huelga alegando trabajo insalubre y distanciamiento del dogma. No hicimos demasiados esfuerzos para ganarlos a nuestra causa porque nos dimos cuenta de que las escaleras horizontales no tenían mucha salida en los comercios del ramo, ni aun tratándose de escaleras alquiladas que no significan una erogación excesiva. Según parece, todos aspiran a trepar, escalar, ascender, y no quieren saber nada con eso de avanzar prudentemente a una misma altura.

La primera escalera horizontal que fabricamos se la llevé de regalo a mi señora, pero ella no quiso ni enterarse de su uso específico y la convirtió en macetero. Mi señora siempre me desalienta en las empresas más osadas. No siempre tiene razón, como cuando se opuso terminantemente a la fabricación de escaleras de bajar. Dijo que nadie iba a comprarlas porque requerían una fosa y pocos son los que tienen fosas en sus domicilios particulares. La pobre carece de imaginación: no supo darse cuenta de que la plaza está colmada de contreras que pretenden bajar cuando el gobierno insiste en que se suba. Mientras duró la modalidad de las escaleras de bajar la fábrica prosperó mucho y pudimos abrir la nueva rama: escaleras giratorias. Son las más costosas porque funcionan con motor, pero resultan ideales para deshacerse de huéspedes indeseados. Se los invita a una ascensión, y la fuerza centrífuga hace el resto. Con estas escaleras giratorias logramos desembarazarnos de muchos acreedores pero mi señora, siempre tan ahorrativa, erradicó las escaleras giratorias de nuestro hogar y también de la fábrica alegando que consumían demasiada electricidad.

Todavía nos llegan algunos pedidos del interior. Les mandamos en cambio escaleras plegadizas que caben en un sobre grande. Pero por desgracia he de admitir mi derrota y aunque todo esto lo narre en presente, son cosas del pasado. Mi señora acabó sintiendo celos por las escaleras de todo tipo y por eso confieso que escal/eran. Ya no son más.

La marcha

El vendedor de pochoclo saca rápido el carrito de en medio porque cuando los muchachos avanzan no los para ni siquiera la noble institución alimenticia —ni el recuerdo del maíz, ese fruto americano, ni nada—. Cuando los muchachos avanzan con los estandartes en alto no miran para abajo, ignoran que a fuerza de avanzar van a desgastar por fin el pavimento y en una de esas surge algo de verdad valioso.

No avanzan en grupos homogéneos sino a borbotones ligeramente distanciados entre sí quizá por sutilezas en la interpretación del dogma. Pero el desgaste del pavimento es uniforme y en los momentos de silencio se le puede empezar a notar cierto tinte terroso. Es un engaño. El tinte viene de lo que la muchachada trae pegado a la suela de las alpargatas. Ellos tienen memoria de la piel para adentro. De la piel para afuera en general se dejan atrapar por las promesas y así los vemos con la mirada en alto y arrastrando los pies, arrastrando los pies que es lo único bueno.

Avanzan (y eso también parecería bueno) pero se sabe que en medio de su ruta hay una mole frente a la cual detendrán sus pasos. La muchachada camina como si nada pudiera detenerla pero tienen una meta fijada de antemano y es allí donde el hecho se vuelve inexplicable porque no deja cabida a la imaginación ni a la esperanza.

La mole es el altar, es el resplandor como de puesta de sol al final del camino. Sólo que el camino sigue y quizá ellos lo sepan aunque vayan con la mirada en alto y no busquen la tierra. Cantando ellos avanzan y con suerte el vendedor de pochoclo ha sido un visionario: esta marcha no se va a detener y hay cosas que no pueden ser retiradas del camino.

Política

Una pareja baja del tren en Retiro. Tienen las manos ocupadas: de la izquierda de él y de la derecha de ella cuelgan sendos bolsos. La izquierda de ella y la derecha de él están enlazadas. Miran a su alrededor y no entienden. Las manos enlazadas se desenlazan, él se enjuga el sudor de la frente, ella se arregla la blusa. Vuelven a tomarse de la mano y caminan varios metros hasta la calle. Recién llegados del interior. Traen la información. Nadie ha ido a recibirlos. Se pierden en la ciudad, desaparecen para siempre y nunca más serán identificables a partir del momento en que se soltaron las manos, poco después de la llegada a Retiro. Las manos no se vuelven a juntar en la ciudad —o muy esporádicamente— y la información se diluye en los gases de escape y queda flotando por ahí con la esperanza de que alguien, algún día, sepa descifrar el código.

Agua como luz

Al final de la laguna seca donde ya casi ni la vista alcanza aparece un puntito luminoso que se va dilatando. Se va dilatando el puntito luminoso y usted entiende que a lo lejos, por las grietas de la tierra reseca, está surgiendo un destello plateado como agua para lavarlo/a. Agua mercurial rellenando las grietas para usted, para sus abluciones, agua para despegarle las costras de barro que se le han ido pegando con los años.

Las grandes lluvias no sirven para eso. Con las grandes lluvias la laguna sólo se convierte en gigantesco lodazal —más barro para su propio barro— y usted descubre que nunca lloverá lo necesario para aplacar la inaplacable sed de las grietas. La tierra chupa hasta la última gota de lluvia, la corrompe, y usted sabe que de arriba nunca caerá nada que limpie.

Entonces, si usted ya ha atravesado alguna vez la laguna seca hasta llegar al agua, si usted ya sabe de la risa cristalina del agua, podrá volver a hacerlo una vez más y acercarse al puntito luminoso. En cambio si usted no tuvo antes el coraje necesario para atravesar la laguna seca, no podrá hacerlo ahora: la valentía es un hábito.

Interpósita persona

Ahora empiezo a saber que cuando dos se encuentran es casi siempre cuestión de tres y ¿dónde se sitúa el verdadero punto de contacto? A mí que me atraen los triángulos no me gustan los tríos y vendría a ser lo mismo. Anoche, bailando con Pepe la incorporé a Pepa y nos abrazamos/enlazamos los tres y con una mano tenía tomada la mano de Pepe por encima de los hombros de Pepa y con el otro brazo alrededor de la cintura de Pepe la tomaba a Pepa y estábamos muy juntos aunque no sé con cuál de ellos ya que no puede darse la juntidad de tres. ¿O sí? ¿Triángulo, es decir algo cerrado, completo, perfecto, figura geométrica de un mínimo de líneas o triángulo es decir fuga de ángulos, flecha hacia otros contactos?

Crisis

Pobre. Su situación económica era pésima. Estaba con una mano atrás y la otra delante. Pero no la pasó del todo mal: supo moverlas.

Este tipo es una mina

No sabemos si fue a causa de su corazón de oro, de su salud de hierro, de su temple de acero o de sus cabellos de plata. El hecho es que finalmente lo expropió el gobierno y lo está explotando. Como a todos nosotros.

Pequeño manual de vampirología teórica (vademécum para incautos)

1. De la cantidad y clases de vampiros existentes

Ya hemos señalado el hecho: hay más vampiros de los que figuran en las guías telefónicas. Por eso mismo se vuelve perentorio establecer un registro de vampiros y ubicarlos por zonas. Se trata de una labor ardua, ya que la mayoría de los vampiros se avergüenza de serlo y no acude a anotarse en los padrones. Además, existen los vampiros que se ignoran; son éstos los más peligrosos en una nación como la nuestra —la mejor del mundo—, donde todo lo que está fuera de control significa amenaza. Por eso mismo, para nosotros no hay como los dulces vampiros ya censados que sólo buscan la sangre de diabéticos y ayudan a la patria.

Los vampiros afloran una noche cualquiera para sorprenderlo a usted a la vuelta de una esquina, y eso si usted no se está afeitando por las noches con algún propósito inconfensable y de golpe descubre que ese ser a su espalda no se refleja en el espejo. Ese ser, claro está, suele ser un vampiro, y usted quizá pueda ahuyentarlo mostrándole la maquinita con la parte de la hoja hacia arriba. Si eso se parece vagamente a una cruz, agradezca al cielo. Si por otro lado usted es un hombre de su época y usa máquina eléctrica, embrómese: la electricidad excita a los vampiros y les hace cosquillas.

No se ha encontrado aún un método eficaz de combatir a los vampiros, pero hay paliativos. El diputado Emilio Villalba, por ejemplo, ya ha sometido a la Cámara un proyecto de ley donde se propone que el Estado auspicie un bar para vampiros, en el cual la sangre de los alcohólicos encontrará por fin un canal de consumo. Ésa sí que es conciencia cívica, la de este diputado, no como otros que proponen sin más la caza de vampiros cuando saben muy bien que liquidarían así a quienes quizá son probos ciudadanos durante las horas diurnas.

2. Del hábitat natural

La ciudad de los vampiros está ligeramente al sur de la otra, la que habitamos nosotros. Es más un desplazamiento psíquico que geográfico, porque estar al sur en estas latitudes significa mantenerse del lado de las sombras. No es pasar inadvertidos lo que los vampiros buscan, pero hay que tener en cuenta que el sol los destiñe en sentido contrario de ellos mismos: es decir que los vuelve sonrosados, elimina esa palidez enfermiza que justifica su insaciabilidad de sangre y la fomenta.

3. De cómo evitar la seducción

Tarea imposible que no recomendamos a nuestras lectoras. Mejor dicho, tarea que no recomendamos a nuestras lectoras, por imposible. Imposible evitar la seducción de los vampiros. La succión, en cambio, quizá sea evitable, ¿pero quién quiere desnaturalizarlos hasta el punto de impedirles practicar aquello que los caracteriza, que hace a su esencia?

Oscuridad posparto

Después de darlo a luz, a su madre no le quedó nada radiante a qué aferrarse. En lo que a él respecta, el acto de nacer le llevó sus buenos treinta años. El acto de vivir se le agotó en el acto.

Espinas

La verdadera crueldad de las espinas no reside en tenerlas sino en irlas perdiendo, dejándolas prendidas en la azorada piel de quien tenga la osadía de acercársenos.

Viñetas de la gran ciudad

1.º Lo mataron ante mis propios ojos, si esto que me queda ahora —ellos no se limitaron a matarlo— puede llamarse ojos.

2.º Me instalo en el parque a tomar sol y por momentos me olvido. Me lo recuerdan mis medias. Mis medias son coloridas, estridentes, van a atraer la mirada de ellos y ya se sabe: donde ponen el ojo ponen la bala. Pero en el parque, al sol, por momentos me olvido. Olvido estirar bien el pantalón y ocultar las medias.

3.º Recomendación

Señorita: si al salir del ascensor de un edificio donde usted ha depositado una bomba se topa con un joven por demás atractivo, déjelo no más que suba. No lo tome del brazo y se lo lleve rápido a la calle con una excusa cualquiera. Los más estrepitosos fracasos están cimentados sobre este tipo de buenas intenciones.

4.º El estrangulador nos dio mucho de qué hablar en su momento. Ahora se ha abocado a los beneficios de la jubilación y nosotros con todo pesar debemos de volver nuestra atención a la actividad política.

5.º Lo peor es el juego. Dos coches se persiguen y es el juego, empiezan los balazos y es el juego. Un hombre cae desangrándose en la calle y también eso forma parte del juego. Es final de partida.

La cosa

Él, que pasaremos a llamar el sujeto, y quien estas líneas escribe (perteneciente al sexo femenino) que como es natural llamaremos el objeto, se encontraron una noche cualquiera y así empezó la cosa. Por un lado porque la noche es ideal para comienzos y por otro porque la cosa siempre flota en el aire y basta que dos miradas se crucen para que el puente sea tendido y los abismos franqueados.

Había un mundo de gente pero ella descubrió esos ojos azules que quizá —con un poco de suerte— se detenían en ella. Ojos radiantes, ojos como alfileres que la clavaron contra la pared y la hicieron objeto —objeto de palabras abusivas, objeto del comentario crítico de los otros que notaron la velocidad con la que aceptó al desconocido—. Fue ella un objeto que no objetó para nada, hay que reconocerlo, hasta el punto que pocas horas más tarde estaba en la horizontal permitiendo que la metáfora se hiciera carne en ella. Carne dentro de su carne, lo de siempre.

La cosa empezó a funcionar con el movimiento de vaivén del sujeto que era de lo más proclive. El objeto asumió de inmediato —casi instantáneamente— la inobjetable actitud mal llamada pasiva que resulta ser de lo más activa, recibiente. Deslizamiento de sujeto y objeto en el mismo sentido, confundidos si se nos permite la paradoja.

Lo crudo y lo cocido

Nuestro Landrú no mata a las mujeres, tan sólo las come con los ojos mientras ellas pasean por la calle Florida. Le resultan así más apetitosas que si estuvieran asadas. No siempre la cocción mejora las vituallas.

Uno arranca el...

Uno arranca el cuchillo y queda el suspenso de la carne que aún no sabe de la herida. Es el único instante de inocencia: el cuchillo ha sido clavado y retirado y la carne queda boquiabierta un segundo antes de empezar a sangrar y manifestarse.

Fábula de la mira telescópica

Había una vez un ignoto cazador de fortunas que decidió alejarse para no volver, no volver, no volver. Ni con la frente marchita ni con el morral repleto ni con nada: el retorno era de su más profundo desagrado.

Vagó, entonces, por caminos atestados de seres indefensos que acechaban su paso. No quiero limosna alguna, les decía el cazador, ignorando que eran ellos quienes necesitaban la limosna. Tanto no querer, tanto negarse a todo no conduce a buen término. Con la cabeza en alto nos perdemos lo que está a nivel de la cintura y que es tan bueno. Nuestro cazador no podía saber de ensoñaciones ni captar lo de abajo, lo trémulo. El mundo por la mira se hace rectangular, con una escopeta en mano el mundo tiene un centro y ya todo es más fácil.

Hay que huir de lo fácil y estar tan sólo atento a lo sagrado.

Nuestro cazador avanzaba furtivo, y las fortunas lo sobrevolaban como pájaros: era una cacería al acecho de bandadas muy blancas sin intención de herirlas. Nuestro cazador quería tan sólo tener la maravilla a un tiro de escopeta y tener sobre todo la omnipotencia de dejar el dedo flojo en el gatillo. Ni un disparo que quiebre las distancias, ni una gota de sangre de propina y aún menos dar un paso hacia atrás del culatazo.

Moraleja:

Afortunados son los que no cazan:
con rigidez de bala hasta la blanca grulla de la suerte se hace perdiz.

Manuscrito encontrado dentro de una botella

siento que estoy a punto de develar el secreto. Creo que voy a tener que internarme algo más dentro de este mar para saber de qué se trata, por qué le atribuimos monstruos de difícil asimilación para la mente humana

Aquí termina, interrumpido, el manuscrito que encontramos en la botella. Ni lo hubiéramos leído de no haber estado la botella en manos de ese ahogado que afloró en la playa, un ahogado tan verde y como con escamas. Chillamos un ratito al descubrirlo y después salimos corriendo hacia los médanos. Estaba muy descompuesto y preferimos espiarlo desde lejos, desde donde el ahogado parecía un insulto y el mar nos resultaba perdonable, de un azul inocente. Al mar lo seguiremos viendo para siempre, al ahogado de escamas y a su manuscrito embotellado algún día los olvidaremos para siempre.

Lo que no debe saberse

El color índigo es una prueba más de la existencia de lo inconfesable, de aquello que no debe saberse.

Porque delata demasiado claramente la verdadera unión de los opuestos. Los extremos se tocan y el espectro de luz es en realidad cilíndrico y por lo tanto cíclico.

A saber:

el paso del rojo al amarillo crea el color naranja, el de amarillo al azul crea el verde. Y el color violeta ¿de dónde sale? Entre el azul y el violeta aparece el índigo para que no advirtamos que:

la unión del azul y del rojo genera el violeta. Por lo tanto es directo el paso del infrarrojo al ultravioleta o viceversa y el arco iris se cierra sobre sí mismo. Ouroboro de luz, carajo.

Milonga para Jacinto Cardoso

A Jacinto Cardoso se lo llevaron, esposado, un martes por la noche. Se resistió con todas las fuerzas que quedaban en su pobre cuerpo desangrado, pero no hubo caso. La libertad esa noche le volvía la espalda. Pobre Jacinto Cardoso. Se cuenta que los muchachos de la barra le compusieron una doliente canción de despedida. Un martes por la noche nada menos, martes 13 para Jacinto Cardoso aunque fue un martes cualquiera cuando lo esposaron. Los muchachos supieron llorar la pérdida de Jacinto Cardoso, desangrado en el juego de naipes, esposado por la Juana un martes a la noche.

Confesión esdrújula

Penélope nictálope, de noche tejo redes para atrapar un cíclope.

Días cuando no pasa nada

Días como noches invertidas, días naranja. Díaz. Lo conocí precisamente en una de esas oportunidades caracol que dan vueltas sobre sí mismas sin llegar a ninguna parte y por eso mismo intenté llamarlo Espiral Díaz. Él objetó al principio diciendo que era nombre de mujer. Dijo:

—Se dice la espiral, es nombre de mujer.

De mujer tu abuela, le habría contestado yo de haberme dejado llevar por mis impulsos naturales. Por suerte me contuve porque hubiera sido una forma, si bien un poco críptica, de establecer una tautología. Rápidamente barajé otras figuras y tropos para intentar responderle pero fui descartándolos a todos: pleonasmo no, elipsis no, no litote ni oxímoron ni nada. Simplemente aclaré: se dice *la* para evitar la cacofonía o lo que sea, pero espiral es palabra masculina, como todas las que terminan en *al:* mineral, pedal, fanal, animal. Al decir esta última me arrepentí. Por suerte Díaz era profesor de retórica pero no muy dado a las susceptibilidades (estaba de rechupete). Lo dejó pasar, y como esa tarde se me había dado por mostrarle las piernas dejó pasar otras cosas también. Total (al) que nos hicimos amigos y masqueamigos. Después supe que en realidad se llamaba Floreal y por eso dejó que lo llamara Elespiral, así, masculinizado, en memoria de nuestro primer encuentro y también de ciertos aspectos retorcidos de su carácter.

La chica que se convirtió en sidra

Jorge, Eduardo, Ernesto, Alfredo, Alberto, uf, y tantos otros. Tengo 27 novios y un manzano. Eso quiero que dure: los frutos colorados. Es tan fácil así. Llamo a un muchacho, le doy una manzana y al mismo tiempo le pregunto ¿querés ser mi novio? Si dice que no, le quito la manzana aunque ya esté mordida (prefiero tirarla a la basura). Pero si me dice que sí ¡qué alegría! anoto enseguida un nombre nuevo en mi lista. Trato en lo posible de que sean todos nombres diferentes: es una buena colección, no quisiera estropearla repitiéndome. Yo les doy la manzana que les abre la sed y ellos son insaciables. Después me piden la prueba de amor para sellar el pacto y yo no soy quién para negarme.

El resultado es de lo más agradable, poco a poco voy sintiendo fermentar mis partes interiores y eso me hace cosquillas. Con el tiempo que pasa —-y pasan los muchachos-— me voy descubriendo un olor dulce que me viene de adentro, un perfume a manzanas, y mi manzano sigue dando sus frutos y los muchachos llegan ya de los barrios alejados a pedírmelos. Primero tienen que comerse la manzana —ya se sabe— si no, no son mis novios. Después nos revolcamos un ratito entre los pastos altos al fondo de mi casa y cada vez me siento más licuada entre sus brazos, efervescente y pálida. Por eso mismo me mandé a fabricar el tonel grande: por si un día se me ocurre retirarme a terminar el proceso ¿podré seguir sin ellos, sin mis novios? Y segunda pregunta ¿quiero realmente cambiar tan a fondo? Preferiría seguir repartiendo manzanas, pero ése es el problema: siempre se conoce lo que se da, nunca las transformaciones que se pueden sufrir con lo que se recibe a cambio.

Nuestro gato de cada día

En alguna parte de mi casa hay un gato muriéndose de hambre. Eso me desespera, me desespera el oír sus chillidos agudos y tener que buscarlo y buscarlo sin poderlo encontrar (también me desespera la idea de todos esos animales que no tienen voz propia y por lo tanto no pueden chillar y señalarse en algún rincón de casa cuando están atrapados, muriéndose de hambre).

Esto ocurre a menudo por defectos absolutamente míos:

1) No tengo oído direccional
2) Mi casa es demasiado grande, laberíntica, y por lo tanto revisarla a fondo me llevaría semanas.

Y el gato chilla cada vez más débilmente y yo sé que la agonía ya ha empezado.

Yo mientras tanto busco por donde puedo buscar y eso, claro, no me conduce a nada. La verdadera busca debe de llevarse a cabo por esas zonas que ni siquiera intuimos, las que quizá no existan pero que sí albergan a ese gato dentro nuestro que no nos deja descansar con sus chillidos, que nos hace buscar sin saber qué y menos aún dónde.

4 Príncipes 4

Príncipe I

Como príncipe puede que tenga sus defectos, pero sabe que para sapo es una maravilla. Igual está triste. La doncella que lo besó ya no es más de este mundo. En su momento, el príncipe no quiso dejar una testigo de la mutación por él sufrida, y ahora se arrepiente. No hay nadie en el castillo que pueda narrarle su pasado y él necesita que le hablen del charco, del repetido croar: es una cuestión de voces. Para el amor, para la reproducción, digamos, le es imprescindible una voz vibrante con las exactas entonaciones de su especie. Ella era así, tenía el tono justo, pudo comprender la súplica de él. Ella comprendió y después de pensarlo un rato, atendiendo a sus ruegos, lo besó. A causa de ese simple acto no contó el cuento.

Ahora el príncipe-sapo, en su aislamiento afectivo, sólo puede repetírselo a quien quiera escucharlo. A veces lo embellece, al cuento.

No es lo mismo.

Príncipe II

Este príncipe practica su beso que despierta. Reconoce ser único en dicha habilidad y pretende afinarla al máximo. Su éxito no es total. No importa: es extremadamente apuesto, joven, tiene tiempo.

Considera que su éxito no es total y absoluto no porque las doncellas que besa no despierten, no. Todo lo contrario. Sabe llegarse con gran sigilo hasta las castas alcobas y cuando encuentra a las doncellas sumidas en el más profundo de los sueños, las besa. Y las doncellas despiertan. Demasiado. Se vuelven exigentes, despiertan a la vida, al mundo, a sus propios deseos y apetencias; empiezan los reclamos.

No es así como él las quiere.

Insiste en su empeño porque algún día le tocará la verdadera prueba, la definitiva. Sabe que en algún lugar del desaforado reino yace una princesa hermosa, irremisiblemente dormida, que lo está esperando para su salvación. La salvación de ella y también la de él. Simultáneas, equivalentes.

Entregado a la búsqueda, el príncipe de nuestra historia besa por acá y besa por allá sin prestar demasiada atención a los resultados. Besa y se va, apenas un poco inquieto. Los años no pasan para él mientras persiste en su búsqueda. Él sigue igual de joven y de apuesto, presumiblemente más sabio. Ya besa con más sigilo, pero su beso obtiene resultados cada vez más profundos. Sigue buscando tan sólo en apariencia, desinteresado por dichos resultados.

Y cuando por fin encuentra a la bella princesa durmiente, la misma que lo espera desde siempre para ser despertada por él, no la toca. Sin besarla ni nada, sin siquiera sacarla de su facetado sarcófago de cristal, la hace transportar a palacio con infinitas precauciones. Allí la ubica en una estancia cerrada a resguardo del sol y desde lejos la contempla, inmóviles ella y él, distantes. Ella es una joya. Ella es hermosa y yace en su sarcófago como pidiendo el beso. Al príncipe el beso que despierta se le seca en la boca, se le seca la boca, todo él se seca porque nunca ha logrado aprender cómo despertar lo suficiente sin despertar del todo.

«La respeto», les dice a quienes quieran escucharlo.
Y ellos aprueban.

Príncipe III

Había una vez un príncipe que se negaba rotundamente a contraer enlace. Le presentaban a las doncellas más hermosas, y nada. Sus razones tendría, pero nadie, absolutamente nadie en todo el dilatado reino estaba dispuesto a escucharlas, suponiendo que el tan reacio príncipe estuviese a su vez dispuesto a detallarlas. Nadie lo escuchaba, y menos aún sus coronados padres, ancianos ya, quienes soñaban con una corte de nietecillos, o al menos con un sucesor del sucesor para asegurar la continuidad de la muy azulada sangre.

Tan perentoriamente le reclamaban al príncipe que se buscara novia, que el pobre llegó a idear un subterfugio:

Se casaría con la princesa que, al dormir, percibiera o percibiese (le daba lo mismo) un guisante seco del tamaño exacto de un guisante seco oculto bajo siete colchones de la mejor lana del reino.

«Quiero esposa extremadamente sensible», alegó el príncipe, y los monarcas aceptaron la exigencia del delfín comprendiendo que la sensibilidad, así sea epidérmica, resulta excelente requisito para una futura reina.

Fue así como emisarios montados en los más briosos corceles de palacio emprendieron la carrera allende bosques y sierras hacia los reinos periféricos, y las jóvenes princesitas casaderas se aprestaron a dormir sobre los siete colchones designados, sin saber bien qué se esperaba de ellas pero teniendo las más oscuras, deleitosas sospechas. Por cierto infundadas, las sospechas. Por lo tanto ninguna de ellas detectó el guisante oculto bajo el séptimo colchón contando desde arriba, y el príncipe de nuestro cuento estuvo en un tris de celebrar su celibato cuando de lejos se vio llegar la carroza aquella a paso de hombre cansado.

Lenta, lentísimamente avanzó la carroza hasta las puertas mismas del castillo, y dieciocho lacayos con guantes acolchados depositaron a la princesa sobre un espumoso palanquín especialmente diseñado para ella.

Era muy hermosa la joven princesita, muy rubiecita y blanca y los monarcas del reino se alegraron porque intuyeron que ella sí pasaría la prueba. E intuyeron bien. Y se fijó fecha para la magna boda, pero hubo que ir postergándola y postergándola por problemas de la futura esposa: que el recamado de perlas del vestido de novia se le clavaba en la finísima piel de sus hombros color albayalde, que el velo del tul de ilusión le raspaba la naricita, que una sutilísima costura en los guantes de gasa le arañaba la mano. Esos detalles.

El príncipe daba órdenes y contraórdenes a las costureras reales pretendiendo satisfacer a su prometida, pero sin jamás de los jamases convocar a hada alguna por miedo a que le arruinara el pastel. No precisamente el de bodas.

Príncipe IV

En este reino remoto el príncipe tiene un nombre para ser leído de atrás para delante y de delante para atrás. Así como su nombre son sus acciones. No se cotizan en bolsa. No admiten crítica ni comentario alguno.

Nuestro príncipe parece haber aprendido artes marciales de oriente y sabe: él no está nunca donde debería estar, donde estaba un segundo atrás. Por lo tanto allí donde sus enemigos golpean él ya no está. Así es de escurridizo. No está en sus promesas ni en sus afirmaciones del minuto anterior ni en la palabra empeñada. El Monte de Piedad del reino está atiborrado con las palabras del príncipe: él no las reclama. Palabra empeñada o dada es palabra que ya no le interesa, ni siquiera para arrinconarla en la memoria.

La palabra memoria, verbigracia: olvidada por decreto, relegada desde su más tierna infancia. El mísero nacimiento de un recuerdo es aquí motivo de ostracismo.

No hay en este reino ni persecución ni cárceles. Simplemente hay nuevas reglas de juego. Siempre, a cada paso, las reglas son otras y otro es el juego para el gran vencedor, el príncipe.

Todo empieza con él y con él todo acaba. Quienes no pueden seguirlo, quienes no cambian de dirección y mutan y atienden los intereses del príncipe, caen como pins. No importa. Ya no se juega al *bowling*. Se juega a otros juegos más sutiles y recientes. Se juega al Final de la Historia, o al Posmodernismo, juego éste que es pura parodia, que nunca es tomado en serio, gracias a lo cual cumple con precisión su cometido.

Principio de la especie

Me acerqué a la planta perenne de tronco leñoso y elevado que se ramifica a mayor o menor altura del suelo y estiré la parte de mi cuerpo de bípeda implume que va de la muñeca a la extremidad de los dedos para recoger el órgano comestible de la planta que contiene las semillas y nace del ovario de la flor.

El reptil generalmente de gran tamaño me alentó en mi acción dificultosa que se acomete con resolución. Luego insté al macho de la especie de los mamíferos bimanos del orden de los primates dotado de razón y de lenguaje articulado a que comiera del órgano de la planta. Él aceptó mi propuesta con cierto sentimiento experimentado a causa de algo que agrada.

Pocas cosas tienen nombre, por ahora. A esto que hicimos creo que lo van a denominar pecado. Si nos dejaran elegir, sabríamos llamarlo de mil maneras más encantadoras.

Un otro

Ella va caminando por el parque, su pelo al viento, cuando aparece el otro surgido de la nada. Un muchachito con idénticos pantalones negros y la cara totalmente pintada de blanco, una máscara sobre la cual de manera inexplicable se sobreimprime la máscara de ella: sus mismas cejas elevadas, sus ojos azorados. Ella sonríe con timidez y él le devuelve exactamente la misma sonrisa en un juego de espejos. Ella mueve la mano derecha y él mueve la izquierda, ella da un paso amplio y él da el mismo paso, el mismo modo de andar, los idénticos gestos, las cadencias.

Empieza el juego de proyectos, proyecciones. Fantasías como la de lavarle la cara al otro y encontrar tras la pintura blanca la propia cara. O acoplarse con él como una forma un poco torpe de completarse a sí misma. O dejarlo partir y quedarse sin sombra.

Vanos proyectos mientras el otro la va siguiendo por el parque, reflejando cada uno de sus gestos. Adentrándose cada vez más en la espesura a dos pasos de distancia. Las mismas expresiones. Hasta que él cruza, sin avisar, sin proponérselo, el abismo separador de los dos pasos y ocupa el lugar de ella. Para siempre.

Palabras parcas

Abelardo Arlistán, astuto abogado argentino, asesor agudo, apuesto, ágil aerobista acicalado. Atento. Amable. Amigo asiduo, afectuoso, acechante. Ambicioso. Amante ardiente, arrecho. Autoritario. Abrazos asfixiantes. Asaltos amorosos arduos, anhelantes, ansiosos, asustados. Aluvión apagado, artefacto ablandado, apocado. Agravado. Altamente agresivo, al acecho, Abelardo Arlistán. Arma al alcance, arremete artero, ataca arrabiado, asesina. Atrapado. Absuelto: autodefensa. ¡Ay!

El bebé del éter

Presenteme en Belén, se teme el penetre que el mequetrefe emprende desde el este:

—¡Defenderé el bebé! —espeté enfervorecida.

De repente en este frente emerge el célebre Xerxes, ese pelele repelente, que me desteje:

—Resérvese, enhebre el eje. Serénese. Entrégueme el bebé, enteréme del event en el pesebre. Celebre.

—Deje de pretender —expresé—. Veré. Enséñeme el pene, ese que pende del pendex.*

Xerxes teme que pese, teme que enrede, emprende:

—Sé decente, tente de frente, ten fe. Ten sed.

Neguéme: pretende que esté pepe, ¡qué nene!

—Espere —reflejele—, entérese que el ser endeble enceguese el deber.

—¡El deber en el retrete! ¡Entrégueme el bebé! Espere que se entere Meneses...

—Meneses repéleme. Péguele, envenénele, deféquele, cercénele. El que se mete en el frente del bebé debé ser esplendente.

* Exigencia para detectar al invasor, dado que ningún cristiano de entonces estaba circuncidado.

Por su nombre

No hay día en que ella no encuentre oportunidad para humillarme. Siempre lo mismo, ni variedad pone en sus insultos. Yo la llamo por el interfón y le digo «Señorita Eulalia, la busca un señor mayor que dice llamarse Eufrasio». O bien le digo, según el caso, «La busca una dama de sombrero rojo», o «La buscan tres hermanos mellizos disímiles», y la señorita Eulalia, tan refinada cuando la encuentro cara a cara, invariablemente por el interfón me suelta el epíteto. «¡Bajo!», me grita con voz estentórea. Yo ni atino a responderle. Porque tengo mi estatura moral, y si no paso el metro cuarenta la culpa no es mía.

Derechos de la mujer sobre los pavos, las gallinas y demás aves de corral exceptuando los gallos (y sus implicaciones en la vida doméstica)

1. Derecho a desplumarlos.
2. Derecho a darles el sartenazo.
3. Derecho a hacerlos picadillo.
4. Derecho a comérselos crudos.
5. Derecho a cagarlos de un palo más alto.

El derecho que no se les confiere es el de desatender todo lo antedicho en vistas de un mejoramiento de su situación dentro del gallinero. Y, peor aún, dentro del zoológico en pleno.

M'apretjan

Subo al tren subterráneo y sé, aún sin definirlo claramente, que entro al mundo de la escritura. Estos vagones han perdido sordidez gracias a las enormísimas letras de colores pintadas por fuera con aerosol. Letras fortuitas aunque parecen absolutamente elaboradas: verdaderas obras de arte clandestino.

Dentro del vagón todo también está escrito, garabateado. Hay nombres, signos, imprecaciones. Y el muchachito frente a mí, con los ojos pintados de rosa, pone su pierna sobre la pierna del amigo. Ese no escribe, o sí: va trazando su historia de amor con el cuerpo.

El que escribe escribiendo es el otro, allá en el rincón escribe, cuando piensa que nadie lo está mirando saca un grueso marcador del bolsillo y estampa su nombre bien claro sobre los otros viejos garabatos algo borroneados. Sam, anota. Sam. Yo lo miro de reojo y eso no le importa: somos cómplices, también yo escribo. Su tinta es negra y de trazado firme, la mía es roja y tiene lo suyo. Su grueso marcador como falo sustituto. Mi fino marcador marca apenas, sí, pero con buena fluidez de la tinta colorada por la punta de felpa.

¿Quién de los dos pertenece más al mundo subterráneo? ¿Quién pertenece mejor?

Los dos escribimos sobre un mismo personaje. Sólo que Sam no puede seguir con su obra narcisista, iterativo: va subiendo demasiada gente en las sucesivas estaciones. Hasta a mí me van empujando por el largo asiento, me van acorralando. Me encuentro ahora al lado de una mujer vieja que dibuja personajes en pedacitos de papel blanco de envolver.

Es un buen ejercicio, se siente en la obligación de explicarme. Tengo modelos gratis, agrega cuando yo ya estoy casi metida dentro de sus papeles por culpa de la muchedumbre. Por suerte me habló en inglés, no quiero que nadie lea lo que voy escribiendo en castellano. Tanta gente q/ sbe lr en cast. Stoy rodda de hisp. Abrvr. M'aprtujn. l hmbr. Sí. l hmbr. csi ncima d mí. No le veo la cara. Mi smbrer rjo, el ala me lo tapa, al hmbr. Q/ no lea sts plbrs. El hmbr. s'me acerca. M'echa el sombr pra'trás. Es alto, l'hmbr. S'acerca ms, dmsiado. Ya su brguet casi tcnado mi boc. Aprita. ¿Lo mrdo, lo mpjo? No. Lvnto la lap. Mejor una raya roja bien visible sobre su pantalón claro. Eso. Y ahora lo puedo escribir así con todas las letras porque ya nadie puede leer lo que estoy anotando. Llegamos a la calle 42, el hombre bajó despavorido y sin decir palabra, los demás bajaron tras él apurados por no perder sus trenes al suburbio. Sam se ha ido, yo sigo hasta el Village, se me acaba la tinta.

Narcisa

Como quién mira por la ventana del bar, miro la ventana. El tipo que me ve desde afuera entra para interpelarme.

—Me gustás.

—Lo mismo digo.

—¿Yo también te gusto?

—Nada de eso, me gusto yo. Me estaba mirando en el reflejo.

Ella bajó del auto

Ella bajó del auto y los tres tipos pensaron: debí bajarme con ella. Cada uno por su lado, y por motivos propios, el tercero por cobardía, para escapar de la colorada que lo tenía atrapado.

Las bellas y los hombres.

La que bajó era menos bella y menos joven que la colorada, pero con más polenta: un desafío que ninguno de los tres hombres se animó a aceptar, y eso que no corrían riesgo alguno: bien podía notarse que ella estaba decidida a rechazarlos.

El auto se perdió en la noche llevando tres ensueños y una colorada con los pies en la tierra.

Ella quedó sola en una esquina con los pies vaya a saberse dónde y sacudiendo una mano en señal de despedida, oliendo casi en el aire el olor a arrepentimiento.

Hombre como granada

En una sola noche me dijo tantos sí y tantos no, contradiciéndose a cada paso. A cada palabra. Ahora recuerdo esa noche y sus contradicciones tan poco originales y abro el diccionario al azar (como otros la Biblia) para encontrar la repuesta y la encuentro:

> GRANADA F. Fruta del granado que contiene numerosos granos encarnados de sabor dulce // Proyectil ligero (explosivo, incendiario, fumígeno o lacrimógeno) que se lanza con la mano // Bala de cañón.

(Dulce proyectil, entonces. Explosivo, incendiario. Encarnado cañón. Lacrimógena fruta que se lanza con la mano. Bala de sabor dulce).

El amor y la guerra

El país está en guerra. Vuelan las balas. Algunas se acoplan en el aire y su poder de vuelo se duplica. Llegan entonces a las ramas más altas de los árboles. Allí anidan. No ponen huevos —las balas— ponen municiones que al calor de la incubación, explotan.

Castillo de alondras

Ella tiene alma de relojera y piensa que puede desmontar el mecanismo. Él tiene alma, si es que tiene, de cazador de alondras. Lo que está construyendo con cientos de maderitas esmaltadas y pedacitos de lata son gigantescas y centelleantes trampas espejadas, promesas para nunca ser cumplidas —todo lo contrario—. Por eso brillan tanto.

Por momentos ella trata de desarmar la trampa pero siempre faltan piezas. Él ha tenido la precaución de retirarlas a tiempo y metérselas en el bolsillo a la espera de un momento más propicio, y cuando ella tentativamente estira la mano para tomar una pieza o para jugar con los reflejos, él patea el mecanismo y lo desarma antes de que ella se entregue por demás al entusiasmo. A veces una mínima planchuela de metal le cae encima a ella y la lastima.

A él le encanta patear mecanismos, no lo oculta, ella lo sabe y de todas formas vuelve una y otra vez y se deja atrapar por los reflejos.

Hay veces en las que ella se aleja, indiferente, y él entonces a toda marcha construye castillos con los más brillantes naipes. Y ella, que tiene debilidad por los castillos hechos de brillantes naipes, no espera otra cosa y cree que de nuevo están jugando. Acepta entonces rectificar una torre ladeada, o bajar uno de sus propios puentes levadizos. Hasta que una vez más él opta por demostrarle que eso no es ni castillos ni juego, es tan sólo una más de sus trampas para alondras, síntesis de la miseria.

Ornitología

El gran vuelo de alas abiertas, de plumas separadas como dedos. El vuelo depredador. Las garras listas. A veces se los ve venir así, planeando hacia una y una sólo puede permanecer con aire dócil mientras se los ve venir amenazantes.

La gloria reside en el fugaz destello de los pájaros azules. En medio del bosque los carpinteros azules abren sus alas y son, contra el verde nocturnal de los pinos, de un color desmedido hermano de la dicha.

Azul añil, azul cobalto, azul de metileno. Ninguno de estos azules y todos a la vez, una revelación fugaz antes de desplegar las alas y mostrarnos sólo la capucha oscura, con copete, que les dibuja la cabeza. Es como el destello verde del quetzal en la selva inalcanzable. Nada que ver con las otras capuchas, las muy aterradoras que se suelen colocar para la cacería.

El halcón encapuchado a la espera de su presa. La otra presa, humana, encapuchada a la espera del verdugo. El verdugo a su vez encapuchado.

Y el vuelo interrumpido. No más alas azules, sólo alas quebradas de plumas abiertas como dedos que se acercan y aprietan.

Sociedad de consumo

Un sonido acuchillante como el de la puerta de un ascensor al cerrarse de golpe: una guillotina. Mientras él es nuestro prisionero le tenemos reservado un infierno de sonidos para que no olvide el miedo, para que no deje de preguntarse a cada segundo qué es lo que le aguarda.

Aguanta en silencio, desesperado, atento, girando la cabeza sin lograr enterarse de nada. A veces le ponemos una venda en los ojos, otras lo dejamos a oscuras, atado y amordazado, y nos movemos con sumo sigilo por la pieza pero no con sigilo completo, justo el necesario para que intuya que hay presencias amenazadoras que lo rondan. Podríamos matarlo de un susto o simplemente enloquecerlo. Se merece cualquiera de estas alternativas que no ponemos en práctica porque no somos sádicos, no señor, somos profesionales.

A todos nuestros prisioneros los alimentamos regularmente pero siempre a oscuras para desconcertarles el gusto. La escalada de amenazas debe ser calibrada con sabiduría. Con arte. Acabamos de contratar a Martorelli, el conocido sonidista de Radio Nacional, para que haga los efectos especiales más escalofriantes. Ahora funciona mejor el trabajo y, cuando le quitamos la mordaza, el prisionero grita de terror, proporcionándonos un material invalorable para futuras sesiones.

En la cámara de torturas hemos instalado un equipo de sonido cuadrafónico que es una verdadera joya. El sistema se torna cada vez más complejo y por lo tanto más costoso pero poco nos importa porque ellos parecen dispuestos a pagar. Nuestra propuesta es de alta eficacia y hasta indolora, si se la mira bien.

No deja huella. Si los negocios marchan como hasta ahora vamos a poder aplicar el rayo láser que permite un precisión maravillosa en diversos aspectos, así como otras glorias de la tecnología de avanzada. Se puede decir que ya contamos virtualmente con estas mejoras, porque cada vez es mayor el número de altos ejecutivos —oficiales o no— que requieren nuestro servicio personalizado. Ellos también pretenden saber de qué se trata. Ellos quieren experimentar en carne propia lo que los otros no vivirán para contarles. No quieren perderse experiencia alguna, y nosotros estamos acá para satisfacer todas las exigencias del mercado.

Juguemos al patriota

Nuestra bandera nunca ha sido atada al carro de un vencedor.

Nuestra bandera nunca ha sido arrastrada por el fango.

Nuestra bandera nunca ha sido desollada viva.

Pobre nuestra bandera ¡qué pocas experiencias!

La hemos hecho redonda para complicar la cosa: tiene más dobladillo. La tenemos casi siempre guardada en algún cofre así no corre riesgos. A veces la sacamos a pasear por los desiertos para hacerle tomar aire y que el aire también la tome a ella.

Marchamos marcialmente por desiertos de cristal de roca, escalamos montes erosionados con formas de animales, seguimos el curso de ríos secos de salitre.

El viento de estas zonas es buen amante para nuestra bandera, ella languidece entre sus brazos o se vuelve bravía y nadie viene a perturbar nuestras demostraciones.

Hacemos ejercicios de tiro y nos inspiramos en los grandes saurios para salir del agua y aprender a vivir en estas tierras. Nada nos resulta fácil: nuestra bandera marcha siempre al frente y le cantamos himnos que resecan la boca. Las últimas gotas de agua, naturalmente, son siempre para ella y después sólo nos resta derribar cardones en procura de líquido o enloquecer un poco al sol de mediodía.

El sol de mediodía es redondo e imperioso como nuestra bandera. Ella también cambia de color con el crepúsculo, se sonroja a la hora del poniente.

Pero nadie conoce sus cambios de matices, sólo ante nosotros despliega propiedades.

¡Eso no es una bandera, es más un huevo frito! nos gritaban los patoteros del barrio cuando éramos incautos aún y la mostrábamos. Aprendimos así a mantenerla en secreto y alimentarla a veces con rayos infrarrojos.

Ella quiere ser dúctil y amoldable como debiera ser una bandera. Adaptarse a los cambios de opiniones, al vuelco general de las conciencias. La inmutabilidad no es atributo para ella ni tampoco el cinismo.

Nuestra bandera no ha sido atada al carro de ningún vencedor: los carros no pueden entrar en el desierto de piedra al que la llevamos. Este tipo de estrategias no logra convencerme. Yo quisiera hacer flamear nuestra bandera al viento en los mástiles más prestigiados por la historia, aquellos que impactaron nuestra infancia, los que se yerguen sobre el proceloso mar de la ignominia.

Después están

Después están aquellos que sucumben a la tentación del blanco móvil: siguen un pájaro con la vista y lo apuntan con el dedo como queriendo bajarlo. Son los peores asesinos. Los que quieren pero no pueden, los que se limitan.

Inicio

Para Paqui Noguerol

En el silencio absoluto tronó la voz estremecedora:

—¡Hágase la luz!

Las partículas de oscuridad, flotando en el infinito espacio, percibieron una vibración y se miraron entre sí, azoradas. Aún no existía la palabra luz, ni la palabra hágase, ni siquiera el concepto palabra. Y la noche perduró inconmovida.

—¡HÁGASE LA LUZ! —volvió a ordenar la voz, ya más perentoria.

Sin resultado alguno.

Entonces, en la opacidad reinante, Aquél de las palabras recién estrenadas hubo de concentrar su esencia hasta producir algo como un protuberante punto condensado que al ser oprimido hizo *clic*. Y cundió la claridad como un destello. Y se pudo oír la queja de ese Alguien:

—¡Ufa! ¡Tengo que hacerlo todo Yo!

Elementos de botánica

En primera instancia eligió las más bella y dorada de las hojas del bosque; pero estaba seca y se le resquebrajó entre los dedos. Con la roja, también muy vistosa, le ocurrió lo contrario: resultó ser blandita y no conservó la forma. Una hoja notable por sus simétricas nervaduras le pareció transparente en exceso. Otras hojas elegidas acabaron siendo demasiado grandes, o demasiado pequeñas, o muy brillantes pero hirsutas, ásperas o pinchudas.

No debemos compadecer a Eva. Pionera en todo, fue la primera mujer en pronunciar la frase que habría de hacerse clásica por los siglos de los siglos: «¡No tengo *nada* que ponerme!»

Corte y pelusa

Muchos dicen que él lo notó al salir de los aposentos de Dalila, cuando se puso el sombrero y le quedó grande.

Tengo para mí que lo supo antes, cuando le costó un esfuerzo descomunal levantar el sombrero del banco y llevárselo a la cabeza.

Kafkiana

Mary Smith-Jones se ganó el respeto de la ciencia cuando aceptó compartir sus pletóricos senos entre su hijito de días y un gorilita huérfano de la misma edad. Se trataba de un experimento que habría que aportar valiosísimos datos a los estudios sobre conducta animal.

A los pocos meses lo perdió, al respeto de la ciencia, cuando se entregó a la bebida para borrar la culpa de su innegable predilección por el simio que se iba volviendo mucho más amoroso y avispado que su propio bebé. ¡Pobre Mary Smith-Jones! Aprendió así, de la más despiadada manera, que no es lo mismo la etología zoológica que la zoofilia etílica.

La pérdida del amor

Mi antiguo enamorado me tenía entre algodones de azúcar y siempre repetía que yo era la más dulce; era su bombón de chocolate, su caramelo masticable. Por desgracia una creciente diabetes lo obligó a apartarse de mi lado.

La separación me agrió a tal punto el carácter que a mi nuevo pretendiente le produje acidez. Ahora a ninguno el resulto apetecible. Muy a mi pesar tendré que alejarme de esta secta de caníbales entre los cuales me sentía muy querida si bien algo diezmada.

El aparatito

Los años pasan, los recuerdos quedan, se congelan y se llenan de aristas y dobleces. El amable señor de edad avanzada, tan atildado y recto, un verdadero dandy, se nos acercó en el aeropuerto con la sana intención de impresionarnos, a mi hija y a mí. Piloto de fórmula uno, había sido. Ni mosqueamos. Había tenido un yate para navegar por el Caribe; sonreímos distraídas. Prestamos más atención cuando dijo que su gran amigo de juventud había sido el Che Guevara. «Yo le apretaba el aparatito a él, él me apretaba el aparatito a mí», agregó. Ni tiempo tuve de alzar las cejas. El señor tan atildado —saco de *tweed*, chaleco color canario— se apresuró en tranquilizarnos: «Los dos éramos asmáticos», aclaró como al descuido.

El huevo azul

Cierta mañana la bataraza 3 del sector 37 se alejó del recinto que le estaba asignado y a través de un agujero en el alambre tejido alcanzó territorios ignotos. Regresó al gallinero cuando ya sus compañeras se aprestaban a dormir, y a la mañana siguiente puso un huevo azul. Fue la admiración de muchas que se sintieron agradecidas por ese casi milagro que las acercaba al arte. Pero nunca faltan las envidiosas, peor aún siendo gallinas, y muy pronto empezó a correr el rumor de que la bataraza 3 había comido frutos prohibidos y se había acoplado con un basilisco. ¿Qué saldría entonces de ese huevo maldito? ¿Qué habría de romper el cascarón para enfrentarlas a todas con las peores amenazas? Las disidentes no estaban dispuestas a permitir que eso sucediera. Contagiándoles el temor a sus compañeras de todo el gallinero para ir ganando adeptas, urdieron el plan. Y cierto amanecer a la hora del maíz, cuando la bataraza 3 y su corte de admiradoras estaban en los comederos, un grupo comando secuestró el huevo azul. Debieron actuar rápido, pero como ya habían armado con palitos un altísimo nido que sería el altar para el huevo azul, sólo debieron izarlo hasta allí empujándolo con los picos, con enorme cuidado para evitar que se rompa. En tal ubicación precaria su madre no podía empollarlo, y además, además, las disidentes decretaron que el huevo azul era sagrado e invitaron a todas a adorarlo. Es nuestro dios, les hicieron saber a las remisas, esas locas que se sentían artistas. Es y será nuestro único dios por tiempo inmemorial, no podemos permitir que se rompa de ninguna manera, insistieron. No les resultó difícil ganarlas a la causa. Un dios inerte simplifica la vida de su grey y en este preciso caso, de pura yapa, cancela la duda existencial. Desde aquel momento y para siempre, lo primero es el huevo. Y basta ya de cacareos.

Mutatis mutandis

Se sentían magnánimos los djinns y decidieron recompensarme justamente a mí, que siempre fui hombre respetuoso de las leyes. Los djinns entonces me instalaron al borde del desierto y me dijeron:

Hombre, te hemos otorgado un don reversor y reversible. Más te vale permanecer aquí. El don te confiere la capacidad de satisfacer tus necesidades más primarias, pero a la inversa. Si sientes sed, toma un puñado de arena en el cuenco de tus manos y la arena se convertirá en agua. Si sientes hambre, escoge una piedra y se volverá alimento. En contrapartida, nunca toques nada que te apetezca, recuérdalo.

Escapé al pueblo en cuanto pude.

Pero el don —me lo habían aclarado bien— era reversible amén de reversor. Aún sabiéndolo, al cruzar el mercado no pude controlar la tentación y los resultados fueron nefastos: hice de las naranjas, piedras, y sequé la fuente. No vacilé en huir cuando empezaron a llover sobre mí los golpes, y retorné al desierto. Al principio la felicidad del milagro me entretuvo. Ya no. Estoy bien alimentado pero la soledad me atenacea el alma.

Y así pasan solitarios mis días. Y son semanas.

Hasta que por fin veo acercarse a un hombre de mi estirpe. Sin embargo me oculto, cierro los ojos, grito en silencio. Cualquier cosa con tal de no correr a su encuentro y abrazarlo, como es costumbre entre nosotros. Y en mi irremediable soledad, lloro de desesperación, hasta que me llevo la mano a la entrepierna y espero que el reversible don también a mí me alcance.

Expeditivo

Estábamos cenando plácidamente en casa de los López Farnesi, tan agradables ellos, tan buenos anfitriones, cuando el desconocido empezó a contar su historia:

—Era un atardecer ventoso y no había alma alguna por la costa del lago. Yo avanzaba atento al vuelo de los patos y de golpe lo vi, al hombre ahí arriba tan al borde del acantilado. Un lugar peligroso, una pared a pico como de cuarenta metros de alto. Yo lo miraba a él, sorprendido, y él me miraba a mí. Pensé que era un guardia costero o algo parecido. De golpe la fina saliente de roca sobre la cual estaba parado cedió y el hombre se habría precipitado al vacío de no ser por unas ramas salientes a las que logró aferrarse en su caído. Quedó así bamboleándose sobre el vacío sin poder hacer pie en ninguna parte.

—¡Ay, qué espanto! —exclamaron las señoras.

—Entonces yo, ni corto ni perezoso, lo bajé —nos tranquilizó el desconocido.

—Menos mal —suspiramos aliviados—. Usted es un héroe, cuéntenos cómo lo bajó.

—Muy simple. De un balazo.

Hay amores que matan

Para Claude Bowald

Ante lo sublime del paisaje él sintió la necesidad de expresar sin palabras lo que resonaba en su corazón desde que la conoció. Estaban en lo más alto del monte, a sus pies se encadenaban los lagos y frente a ellos, tras los lagos, la cordillera se erguía majestuosa y nevada.

Él busco por el suelo rocoso alguna mínima flor, no digamos ya un edelweiss, y sólo encontró una varita de plástico verde flúo, de esas que se usan para revolver el trago. Se la brindó a ella como una ofrenda: es mágica, le dijo.

Y ella, que compartía sus sentimientos, la aceptó como tal y para demostrárselo elevó la varita mágica en el aire y con gracioso gesto señaló el pico más alto que asomaba inmaculado a través de las azules transparencias pintadas por la lejanía.

—Quiero una mancha roja allá, conminó.

Y ambos rieron.

Quien no pudo reír en absoluto fue el alpinista solitario que perdió pie en ese preciso instante y se desplomó sobre las afiladas aristas del barranco, poniendo una mancha roja precisamente allá, en el pico más alto.

Allá donde ni los dos enamorados ni nadie lograrían jamás verla.

Corazón I

Para Irene Andres-Suárez

Cada amanecer ella abría la ventana y allí abajo estaba el lago. Y en el lago el monstruo y en el monstruo el barco que el monstruo se había engullido de un solo bocado. Y en el barco estaba el capitán apuesto y en el capitán su corazón de oro.

Ella entendió muy pronto que el capitán era el hombre de su vida, y cada amanecer al abrir la ventana ella saludaba al hombre de su vida, en la panza del monstruo, y también ¿por qué no? al monstruo que era invisible.

Al que no saludaba jamás era al lago porque temía que el lago, decidido a devolverle el saludo, subiera hasta su ventana sin el monstruo ni el barco y menos que menos el hombre de su vida. Había oído decir que se trataba de un lago muy celoso, como son celosas algunas pistolas.

Corazón II

Desde su imponente terraza el hombre comprobaba hasta qué punto la bruma iba en aumento y el silencio se hacía cada vez más envolvente.

El corazón del hombre, tan sensible, empezó a responder al avance del invierno y se fue apagando lentamente hasta desaparecer por completo. Y del todo ya sin corazón, puesto a sacar provecho de tan inesperada circunstancia, el hombre que no solía dejarse avasallar por los inconvenientes decidió convertirse en tirano y dominar primero al país y después al mundo.

Pero ya era tarde: la bruma total le había borrado de la vista hasta el último rastro de sus posibles súbditos.

Juegos de villanos

Absoluto

Alabado sea aquél que ignora con quién está jugando a la escondida. Aquél que cada día encuentra y es encontrado, gracias a lo cual la piedra puede —con absoluto derecho— proclamarse libre.

En Mónaco

Ante la mesa de Black Jack tres amigos están jugando. El primero vuelca sin querer su copa de vino:

—¡Mancha! —exclama.

El segundo, sin prestarle atención, continúa con las apuestas y dice:

—Pido.

El tercero se indigna:

—¡No juego más!

Pescadores

—Martín Pescador, ¿me dejará pasar?

—Pasará pasará y el último quedará…

Fue así, jugando, como para nuestro horror perdimos a muchos de los nuestros. Fueron quienes creyendo eso de que los últimos serán los primeros pelearon por ponerse al final de la cola.

Arroz con leche

—Con esta sí, con esta no, con esta señorita me caso yo —cantó, muy seguro de sí, Javiercito de cinco años y señaló a la más alta de las nenas.

Ella, con sus seis ya cumplidos, era ni más ni menos que la señorita de San Nicolás y por eso aceptó:

—Bueno —le dijo a Javiercito—. Yo pongo el arroz y vos poné la leche...

Ponyquita, quitaypon

El sexo: ese juego de encastre.

Consecuente

Para Gaspar

Los nietitos vienen muy avispados hoy en día. Antes preguntaban cariñosamente, como un juego,

—Abuelita ¿qué hora son?

Ahora nos meten en camisa de once varas. Al menos el mío, que ya de pequeño complejizó el problema al preguntarme:

—¿Abu, qué es el tiempo?

—Mañana te contesto, le prometí. Mañana.

Y por los años de los años me mantuve firme en mi promesa.

Navegante solitaria y perro

Una mujer despechada, al ser abandonada por su marido, decide comprarse un velero y partir de navegante solitaria. Navegar no es nuevo para ella, se crió en Portugal donde los marineros del pueblo de pescadores le enseñaron todos los secretos del foque y del trinquete y demás misterios de la navegación a vela contra viento y marea. A veces a favor.

Poco antes de partir en su primer viaje sin fecha de retorno, alguien se conmueve y le regala el único acompañante que ella está dispuesta a aceptar: un perro de aguas. Blanquito, adorable por cachorro. La mujer leva anclas con el perro y él aprende a aferrarse a cubierta con uñas y dientes para que una ráfaga feroz o alguna ola más desatada que las otras no lo arranque de cubierta. Así pasan los meses, los mares, los puertos, los años. Perro y mujer, inseparables. Hasta el día —o la noche— cuando ella, ya harta de reconocer que las tormentas serán irrepetibles pero el mar es siempre el mismo, decide poner nuevamente los pies en tierra y su cuerpo en unos brazos amables. El perro no tolera la traición, se le abalanza y trata de arrancarle media cara de un tarascón. Algo logra, y logra también que acaben sacrificándolo porque sus celos irracionales —como todo él— no tienen cura conocida. Tuve que ponerlo a dormir, explica la mujer con una frase que aprendió cuando estaba fondeada en Mystic, Connecticut. Y no puede evitar que el ojo derecho se le llene de lágrimas. El izquierdo no: la herida que le dejó el perro, hoy poco perceptible gracias al cirujano plástico con quien la ex navegante solitaria acabó casándose, le ahorra medio bochorno.

Cuernos

El sol se ensaña sobre el Sahara pero el escarabajo estercolero está de suerte. Es joven, su caparazón verde iridiscente luce espléndido, y al paso de la caravana acaba de encontrar un tesoro. Ya se ha adueñado de la mejor pila de estiércol y ha empezado a fabricar la esfera. Sabe que deberá emplearse hasta el fin de sus fuerzas porque la hembra hasta entonces soñada anda revoloteado por las inmediaciones. Ella también es joven, es verde iridiscente y está llena de deseo.

La confección de la esfera de estiércol le lleva al macho días de labor agotadora. Primero la ha hecho rodar por la pila, engrosándola con cada vuelta, y ahora ya puede trasladarla por la arena. Comparada con su tamaño, la esfera es enorme y le cuesta mantenerse sobre ella con todas sus patitas y sus ganas. Para lograr la perfecta esfericidad de su nido de estiércol debe avanzar y retroceder sobre la curva superficie, pero no puede evitar algunas caídas y cada tanto, ¡ups! un golpe más y de nuevo arriba, que el tiempo apremia y la bola, como el mundo, no puede dejar de girar.

La grácil hembra de escarabajo estercolero se siente cautivada por tan sostenido esfuerzo y por fin lo elige a él para aparearse. Al rato, deposita dentro de la esfera su único huevo y se aleja.

El pequeño escarabajo verde, satisfecho y exhausto, debe seguir día tras día haciendo girar la ahora preñada esfera para que el lacerante sol del desierto no la achicharre, y con ella su preciosa carga. A simple vista puede apreciarse lo arduo de la tarea que al pobre escarabajo estercolero le resulta interminable. Siente como si su labor se hiciera eterna o durara más de la cuenta. No por eso se amilana, piensa en su ardoroso y grácil hijito verde que como él cumplirá los ritos y perpetrará de la especie.

Sólo logra descansar en las horas de la noche, hasta que por fin la esfera de estiércol vibra y el hijo aflora. Y no es verde iridiscente, no, sino negro y opaco y demasiado grande y ostenta sobre la cabeza un par de enormes cuernos superpuestos que en realidad son pinzas para asir infortunios que la raza de escarabajos estercoleros desconoce.

No sabremos jamás qué sintió nuestro héroe. Quizá llegó a identificarse con el recién nacido: al fin y al cabo, tras ese simple evento, también él se transformó en cornudo.

Revancha

Huinca muriendo. Indio bailando en una pata. Huinca habiendo cercenado la otra de un sablazo.

Sin título

Con mi manera simple de resolver problemas no siempre me ha ido bien. Ahora mismo, sin ir más lejos, me encuentro internada en una cárcel de máxima seguridad. Reconozco sin embargo que antes viví momentos sublimes: cuando compré el matarratas, por ejemplo, o cuando él comenzó con las convulsiones, tan vistosas.

Círculo vicioso

Me pregunto cuántos elefantes vivirán en mi casa. Son invisibles, incorpóreos, pero sus enormes deyecciones empantanan la sala mientras toda la familia duerme. Por la mañana el piso poroso ha absorbido hasta el último trazo. Perdura el relente, y el aire de la casa se espesa obligándonos a hablar a los gritos y hasta a injuriarnos de la peor manera. Los elefantes invisibles no se inmutan por eso, de eso se alimentan.

Tres tristes timbrazos

Suena el timbre. Estoy esperando a mi amante y llega mi amiga. Mi amiga es nadie.

Suena el timbre. Estoy esperando al plomero y llega el cartero. El cartero es nadie.

Suena el timbre. Estoy esperando al médico y llega el funebrero. El funebrero es nad... Me rectifico: ahora Nadie soy yo.

Afirmaciones peligrosas

El sicario, harto ya de tanto derramar adrenalina propia y sangre ajena, quiso dejar de trabajar pero no pudo. Era débil de carácter y le resultaba imposible negarse a un pedido hecho con buenas maneras y mejores pesos. Sin embargo matar a troche y moche había acabado por parecerle aburridísimo. Un giro de 180 grados era lo que necesitaba, pero no lograba evitar decir siempre sí, siempre sí a quien venía a buscarlo para encargarle un trabajito.

Hasta que descubrió que el sí venía prendido al nombre del oficio. De inmediato dejó de ser sicario y se hizo notario, con el consiguiente cambio de atuendo, actitud, ambiente, armas, artilugios. Pero no necesariamente resultados.

Uno de misterio

Acá hay un sospechoso, qué duda cabe. Usted vuelve a releer el microrrelato, lo analiza palabra por palabra, letra por letra, sin obtener resultados. Nada. No se da por vencido. Gracias a la frecuentación de textos superbreves como el que tiene ante sus ojos usted sabe leer entre líneas, entonces se cala bien las gafas y ausculta el espacio entre las letras, entre los escasos renglones. No encuentra pista alguna. Nada. El sospechoso es más astuto de lo que suponía. Toma una lupa y revisa bien los veinte puntos, las veinte comas, sabe que debe esconderse en alguna parte. Piensa en el misterio del cuarto amarillo, cerrado por dentro. El sospechoso no puede haber salido del texto. No. Busca el microscopio de sus tiempos de estudiante y escruta cada carácter, sobre todo el punto final, que es el más ominoso. No encuentra absolutamente nada fuera de lo normal. Acude a una tienda especializada, compra polvillo blanco para detectar impresiones digitales y polvillo fluorescente para detectar manchas de sangre. Sigue las instrucciones al pie de la letra con total concentración y espera el tiempo estipulado sin percatarse del correr de las horas. Pasada la medianoche oye un ruido atemorizador, indigno. Está solo en la casa, en su escritorio, ante el relato que cubre apenas un tercio de la página. Insiste en su busca, no se asusta, no se impacienta, no se amilana, no se da por vencido.

Y descubre, consternado, que para mí el sospechoso es usted.

Efectos especiales

En el importante estudio de filmación contrataron al mayor experto en efectos especiales. El galán no quería dobles, y por supuesto no se le podía pedir que saltara de una terraza a otra a veinte pisos de altura como exigía el libreto. El experto era un verdadero mago, un brujo, siempre lograba lo que le pedían. Supervisó él mismo la construcción de las plataformas de veinte centímetros de alto que simulaban las terrazas, escogió con especial cuidado la pintura negra del suelo para poder generar allí el abismo por computación. Pero el galán se negó a saltar el metro que separaba una plataforma de la otra. Me voy a arrugar los pantalones, alegó, me voy a despeinar y lastimar las rodillas. Necesito que lo haga, insistió el experto, para obtener la necesaria apertura de piernas así la escena sale perfecta. Usted es un verdadero mago, un brujo, arrégleselas con lo que puedo brindarle porque yo no estoy acá para recibir órdenes, le contestó el galán de mal talante.

Y el experto se las arregló: la escena quedó perfecta, pero el galán no pudo asistir al estreno mundial de la película porque la noche anterior, cuando quiso saltar un charco al borde de la vereda, cayó a un abismo de veinte metros y no sólo se despeinó, o arrugó el pantalón, o se lastimó las rodillas.

Brevísimo drama ruso

Desde mi dacha en K. viajé a la lejana ciudad de L. en respuesta a un imperioso llamado anónimo. Allí quien me esperaba para darme una sorpresa era el idiota de N.

¡Plinseskaia! ¡Nashisdrovi! ¡No vale la pena recorrer en troica tantas vestas por la nieve para adelantar apenas un par de letras en el abecedario!

Una lágrima

A lo largo de los años cada tanto aparece en mi Outlook el mensaje de un misterioso admirador proponiendo encontrarnos tal día a tal hora en tal café a tomar un café. Me alegro y de inmediato acepto. Pero él siempre cancela a último momento. A pesar de lo reiterado del juego, mientras la invitación titila, yo me pregunto, ilusionada: ¿será tórrido, fuerte, negro, dulce, con buena y espumante leche, estará cortado? Me refiero al café, naturalmente.

L'école du regard

El ojo de la cerradura controla mis entradas y salidas. El ojo electrónico registra mis más mínimos gestos. El ojo de buey vigila mis navegaciones. El ojo de la aguja, al hilvanarlos, espía mis pensamientos. El ojo del amo me engorda. El ojo de bife escudriña mis vísceras. El ojo clínico calibra mis falencias. El ojo de la papa me abraza en sus tentáculos. El ojo del huracán me acecha. A ojímetro son medidos mis pasos y determinada la distancia que me queda por recorrer.

Furioso y fijo en mí, el ojo de Dios ni parpadea.

No se detiene el progreso
(de la gula)

Dura la vida de la langosta en el fondo del mar. Aceptó ser gris, horrible, hirsuta, blindada, para estar tranquila. Y ahora es uno de los manjares más apreciados en la mesa de los ricos. No logró volverse inapetecible: sólo costosa.

Recursos feéricos

El hada Carabosse se sentía total y absolutamente harta. Su misión en este mundo se había tornado poco imaginativa y hasta inútil, lejos estaban ya los tiempos poéticos, cuando era dable transformar calabazas en magníficos carruajes y un par de ratones de décima categoría en briosos corceles negros. Pero ¿ahora? Quienes querían carros último modelo se metían en política, los que odiaban su propia fealdad iban al cirujano plástico o a algún programa de televisión que ofrecía transformaciones gratuitas a la vista de todos, las mujeres maltratadas hacían juicio ante el tribunal de la familia. Nadie acudía a ella y por lo tanto la pobre Carabosse se sentía de más en este siglo XXI tan poco imaginativo. El reino de lo humano podía prescindir de su varita mágica: ya se habían fabricado otras, más onerosas, sí, pero menos aleatorias. Sólo le quedaba al hada experimentar con el reino animal, virgen al respecto ¿Quién después de todo sin acceso a los salones de belleza no quiere ser otro, diferente? Hizo circular el anuncio por las vías secretas que corresponden en casos como éste y a las que sólo un hada tiene acceso. Los candidatos no tardaron en hacerle llegar sus aspiraciones. La hiena pidió oler bien y dejar de ser jocosa, el jabalí quiso una piel de terciopelo, los gorriones un vistoso plumaje, las víboras un vientre almohadillado para poder deslizarse con comodidad por los terrenos ásperos.

Carabosse hizo lo suyo, demostrando una vez más que siempre hay posibilidades laborales para quien sepa diversificar su oferta.

Serie Tito

1

Cuando despertó, el dinosaurio todavía estaba allí. ¡Pobre, qué mala suerte! Una vez más la máquina del tiempo había fallado y tendría que volver a postergar su cita con Spielberg.

2

Cuando la coma del célebre microrrelato despertó, el dinosaurio todavía estaba allí. Temeraria, a pesar de eso la coma avanzó hacia la tan ansiada libertad pero a los pocos pasos dio de bruces con una barrera infranqueable: el punto final.

3

Cuando despertó allí no estaba.

Contaminación semántica

Para José María Merino

La vida transcurría plácida y serena en la bella ciudad de provincia sobre el lago.

A pie o en coche, en ómnibus o en funicular, sus habitantes se trasladaban de las zonas altas a las bajas o viceversa sin alterar por eso ni la moral ni las buenas costumbres.

Hasta que llegaron los microcuentistas hispanos y subvirtieron el orden. El orden de los vocablos. Y decretaron, porque sí, porque se les dio la gana, que la palabra funicular como sustantivo vaya y pase, pero en calidad de verbo se hacía mucho más interesante.

Y desde ese momento el alegre grupo de microcuentistas y sus colegas funicularon para arriba, funicularon para abajo, y hasta hubo quien funiculó por primera vez en su vida y esta misma noche, estoy segura, muchos de nosotros funicularemos juntos.

Y la ciudad nunca más volverá a ser la misma.

Canon delicti

Para David Lagmanovich

En el congreso de microrrelatistas el ardiente debate continuó hasta altas horas, pero al final venció la sensatez y las diferencias se zanjaron. Nos fuimos a dormir tranquilos sin siquiera sospechar que en el secreto de la noche el Canon penetraría al Corpus. Ahora ya ni pegar un ojo podemos por temor a que el fruto de esa unión desbarate todo nuestro arduo andamiaje crítico.

Serie 201

Para David Roas

Introducción

Constituimos una secta extraña los cultores del microrrelato. Nos escuchamos unos a otros con la suficiente suspensión de incredulidad —para usar la feliz frase de Coleridge— pero también con el imprescindible contacto con lo real como para enriquecer el intercambio.

En el congreso de Neuchâtel, por ejemplo, cuando David Roas leyó su obra mínima sobre la sucesión de habitaciones 201 que le había tocado en suerte en un viaje por el norte de España, yo me sentí implicada; 201 era el número de mi habitación allí mismo, en Neuchâtel.

Y me abrí al misterio propuesto por el brevísimo cuento de David con una sonrisa algo irónica, como quien sigue un juego, sin sospechar siquiera que no era juego: era una red en la cual, como David, habría de verme muy pronto atrapada.

Explicación racional de un hecho insólito

En viaje de trabajo por Italia, a la tercera pavorosa reincidencia entendí que no era cosa de la mera casualidad. No. Y pude empezar a develar el misterio.

Debido a las rígidas restricciones edilicias y a causa de la constante afluencia de turistas, en los viejos hoteles de Europa se ha puesto en vigencia una solución ultrasecreta. En cada uno de ellos hay un cuarto, el 201, que podría llamarse multiuso o mejor milhojas: el desprevenido turista llega, solo o en pareja, se registra como corresponde en la recepción y allí le entregan la llave magnética en un sobrecito que reza «201».

Segundo piso, le dicen. Y el turista sube en ascensor, o a pie, para el caso es lo mismo, pero en el acto de colocar la tarjeta en la ranura de la puerta el magnetismo del sistema ultrasecreto lo transporta —sin que se note en absoluto— de este consuetudinario mundo de tres dimensiones conocidas a otro de dimensiones X.

Será un número de dimensiones distinto en cada caso. Y el desprevenido turista entra en esa habitación superpoblada y se encuentra solo o acompañado por quien lo acompaña en el viaje, y todo está en orden, y cuando pide algo al servicio de cuarto llaman a lo que él cree ser *su* puerta y le entregan lo que él ha pedido. Nunca una queja, nunca una falla en el sistema. Y a la mañana en el comedor, durante el desayuno, los numerosos huéspedes de la 201 se saludan apenas con un gesto de la cabeza, por cortesía, sin saber que han dormido todos en la misma cama.

Llamada

Ciertas confusiones se generan en esta 201 tan promiscua. Por ejemplo, el conserje me acaba de llamar a la habitación para preguntarme si yo ya me había ido.

No, sigo acá, le contesté (cosa bastante obvia puesto que respondí a su llamado). Ya parto y paso a cancelar, agregué. Aunque a decir a decir verdad temo no lograr salir frente a la misma recepción por la que ingresé al hotel, y el conserje que me recibió volverá a llamar para preguntarme si yo ya me había ido y la respuesta será afirmativa y no podré dársela.

Filtraciones

Me había atrasado en Verona y llamé al hotelito en Siena para avisar que llegaría tarde, que me mantuvieran la reserva. Su reserva ya la perdió, me dijeron, y sólo nos queda una habitación que tiene manchas de humedad en el cielorraso, si no le molesta mañana la cambiamos. Acepté, estaba agotada y no era cuestión de andar con finezas. Cuando me entregaron la gran llave de las de antes con uno de esos pesados llaveros que más parecen un pomo de puerta, me sentí más tranquila a pesar de que era, sí, la 201. Asombrosamente estaba en la planta baja.

Las manchas del techo debieron alertarme: en ciertos hoteles antiguos puede haber filtraciones. En cuyo caso pareciera que algún objeto menor logra atravesar la capa de las dimensiones, y fue así como en el hotel de Neuchâtel al segundo día encontré un calcetín de hombre que no estaba allí antes y ahora en el hotel de Siena está empezando a esfumarse el papel en el cual escrib

Exit

Desconocedor del secreto mayor de las habitaciones 201, el pobre muchacho empezó a preocuparse. Por eso mismo alquiló una silla de ruedas. La alquiló por veinticuatro horas, alegando que debían mudar a su nonno al geriátrico. Sólo veinticuatro horas. Total, si hay retorno la devuelve mañana mismo, y si no hay… ¿quién lo iría a buscar para cobrársela? ¿Y a dónde?

Así que está de regreso en la misma habitación 201, donde ha pasado los últimos tres días, porque la inquietud lo corroe.

Esta habitación tiene baño para discapacitados. Es lo que él necesitaba, con el nonno paralítico en su propia en silla de ruedas. Pero el nonno ya no está. Está el baño, idéntico, inamovible, con el inodoro muy alto, las barandas para sostenerse, la ducha sin mamparas. Y la amplia puerta sin umbral pero con esas extrañas llaves de seguridad, como las especiales de los portones de entrada a los grandes edificios modernos, colgadas, es lo asombroso, del lado de afuera. Le llamaron mucho la atención, y cuando se lo comentó a ese hombre tan amable con el que se había puesto a charlar durante el desayuno, el hombre le transmitió el rumor. Sólo chismes de vieja, le dijo, pero al muchacho se le ocurrió hacer la prueba y cerró la puerta con llave al dejarlo solo al nonno en el baño. Y el nonno no lo llamó a los gritos para que fuera a sacarlo de allí, como de costumbre. Silencio absoluto. Como a la media hora el muchacho empezó a alarmarse. Llamó al nonno sin obtener respuesta. Al rato decidió girar las llaves y entrar. El chisme era cierto: el nonno ya no estaba. Ni rastros de él, ni de su silla de ruedas ni de sus deposiciones. Nada. Como si nunca hubiese estado en ese baño.

Al muchacho, al principio, le resultó un alivio: basta de seguir siendo el esclavo del nonno. Y el hombre del hotel le había dicho que en el otro lado el viejo estaría mejor, con sus pares y cuidado a las mil maravillas. Igual el muchacho empezó a alarmarse. No sea cosa que el nonno se sienta mal y vuelva para reclamárselo, o que algún día pretendan cobrarle el hospedaje allá en el otro lado, o algo por el estilo.

Por eso alquiló la silla de ruedas. Se sentará en ella, entrará al baño, cerrará la puerta y buscará la mejor manera de hacer girar con unas pinzas esas llaves que sólo funcionan del lado de la habitación. Después verá si puede traer todo de regreso: la silla de ruedas alquilada y el nonno con su propia silla, y hasta sus deyecciones.

Puerta

Abrí la puerta de calle y me enfrentaron tres desconocidos de aspecto facineroso. Uno dio un paso adelante y mis ingentes esfuerzos por cerrarle la puerta en las narices estaban resultando inútiles cuando desperté.

Acá terminaría el cuento si de cancelar el miedo se tratara, pero siendo sueño y vigilia dos estados incompatibles, vaya una a saber cómo continúa aquello que creímos interrumpir abriendo los ojos. Y ahora me pregunto quién ha logrado colarse en esta casa mía que es mi mente.

Hoy me siento otra.

Mesa redonda

—Yo escribo para llegar al corazón de mis lectores —dijo el poeta.

—También yo aspiro a eso —reconoció la cuentista—. Llegar a su corazón, para comérmelo.

Epílogo:
Intensidad en pocas líneas

No sé si por reflejo de la nueva nanotecnología, por la velocidad de la vida actual o por simple desafío a la imaginación, los cuentos brevísimos despiertan en estos tiempos una verdadera pasión. Microrrelatos los llamamos, minicuentos, textículos.

Gonzalo Celorio dice que la novela es como un matrimonio, el cuento como un romance que puede ser más o menos duradero, el microrrelato el intenso encuentro de una sola noche, quizá en una cama que es la de todos y la de ninguno la cual, como el lecho de Procusto, nos fuerza a ser concisos al máximo y recortar, recortar sin perder la esencia.

La sospecha de que los minicuentistas constituimos una secta se está viendo confirmada. Una secta feliz, por supuesto, donde la loca de la casa ha bajado del ático para dominar la escena. La alentamos con toda desvergüenza y así la imaginación se adueña de la letra y nos lleva por impensadas sendas. Muy acotadas sí, las sendas, pero llenas de bifurcaciones secretas e inefables que los lectores, esos cómplices, esos compañeros de ruta de la secta, suelen descubrir y frecuentar.

Con el paso del tiempo y de los encuentros la secta de los microrrelatistas va cosechando adeptos, y gentes por ejemplo que antes creyó estar escribiendo poemas en prosa descubrieron de golpe que son excelentes microrrelatos. O novelistas y cuentistas con todas las de la ley que van afinando la puntería hasta lograr decir lo máximo con un mínimo de palabras. Un verdadero desafío.

A esta secta ya muy máxima del mini se va entrando casi sin querer, sin proponérselo.La nuestra, como puede apreciarse, es una secta o más bien una sociedad secreta incluyente, que admite todas las propuestas y todos los vientos. Una secta de apoyo mutuo como las fraternidades de la Edad Media, en este caso libre y abierta a todo público. Sólo que el público tiene de alguna manera que ser iniciado para poder pertenecer, tanto en su calidad de miembro activo o pasivo, aunque poca pasividad puede permitirse quien lee microrrelatos.

De las sectas se dice que tienden a la purificación, a la iluminación y a la reintegración. A los cultores del microrrelato les ocurre algo parecido: una buena dosis de iluminación es imprescindible para captar esa chispa que generará la minihistoria. Imprescindible también es la purificación del lenguaje, nadie puede negarlo. Y la reintegración... ahí cada cual pondrá su granito de arena. Las sectas tradicionales aspiran reintegrarse al Edén perdido, nosotros en cambio quizá aspiremos a recuperar esa pasión por la literatura que tuvimos de adolescentes. Porque todo buen microrrelato está vivo, tiende pseudopodos, crece en nuestra mente y se enriquece como si se autogestara con cada lectura, demostrando así que el microrrelato y el chiste no están emparentados.

No hay en la secta un libro canónico, pero sí unos pocos magníficos editores que esparcen la buena nueva. Nuestra secta tiene, faltaría más, su contraseña. Fácil resulta adivinarla dado que su espíritu tutelar no puede ser otro que Augusto Monterroso. La palabra clave, por lo tanto, y valga la paradoja, es «Dinosaurio». Monterroso la puso en marcha en 1959, cuando bajo ese mismo título y respondiendo al desafío de escribir un cuento de siete palabras anotó las ya clásicas «Cuando despertó, el dinosaurio todavía estaba allí».

Casi todos nosotros, viejos y nuevos miembros de la secta, tenemos nuestros despertares y nuestros dinosaurios. Quién más quien menos ha jugado con la propuesta. Son aportes para incorporarse a la Orden de la Brillante Brevedad. OBB para los íntimos. Que muy bien podría pronunciarse «¡Oh, bebé!» por lo pequeñitos que son los textos, o bien «O bebe», puesto que hay microrrelatos que son excelentes tragos.

El buen paladar es algo necesario en esta secta. Paqui Noguerol habló en Chile de su disgusto ante el término *Fast Fiction* que tanto suena a *fast food*. Cuanta razón tiene: culinariamente hablando, lo nuestro sería más bien *Nouvelle Cuisine Fiction*, algo que viene en dosis muy pequeñas pero elaborado con exquisito esmero y presentado de elegante manera. Siempre recordaré un banquete en la residencia del entonces embajador de Corea en Buenos Aires y su señora, la poeta Lee Kang-won. Cada porción era absolutamente diminuta y de los más variados sabores. Los platitos se sucedían unos a otros, y cada bocado era una nueva sorpresa y un deslumbramiento gustativo. Microrrelatos gourmet al máximo. Pero ¡ojo! había que comerlos con unos muy cortos palitos de plata, especiales para asegurarse de que la comida no estuviera envenenada.

Así servimos los microrrelatos, con venenos ocultos no necesariamente letales, que no oscurecen la plata pero siempre hacen correr la adrenalina y que son, como los venenos mencionados por Rudolf Steiner, recolectores de espíritus. Nuestra secta podría parecer totalmente inofensiva si se piensa que despertar la imaginación no es un peligroso acto trasgresor. Pero lo es, aunque no mate a nadie y sólo impulse a seguir inventando.

Por lo general los aspirantes a adeptos se acercan a nosotros y con cierto temblor nos muestran alguna página casi en blanco. Solemos acogerlos con toda generosidad en nuestro seno. Ni siquiera somos demasiado exigentes: cada cual aprenderá las exigencias del género con el correr de la pluma.

A veces captamos adeptos de manera subrepticia, a veces de manera involuntaria.

No somos por eso inofensivos. Fue en Neuchatel, dado su emplazamiento geográfico, donde surgió esta tremenda percepción que una vez más delataba el poder transformativo de las palabras (véase la página 110). José María Merino, autor de *La glorieta de los fugitivos*, no tardó en subirse al vehículo verbal, y respondió así:

Sorpresa peligrosa

> LV nos dijo que acababa de descubrir que «funicular» era un verbo. Al escucharla, el tren, acostumbrado a bajar y subir en una aburrida e interminable rutina, sintió tal sorpresa que se detuvo al instante en mitad de la pendiente. Si no hubiera recuperado instantáneamente el sentido del motor, habríamos caído marcha atrás, cuesta abajo, y seguro que habríamos quedado todos completamente funiculados.

Es el sentido del motor, precisamente, ese hallazgo meriniano, que mueve a los cultores de la secta al humor y a la irreverencia. Aunque no es la nuestra una secta que quitará el sueño a los padres si sus hijos se acercan a ella. Al igual que la «Secta del Fénix» de Jorge Luis Borges, «[...] la historia de la secta no registra persecuciones. Ello es verdad, pero como no hay grupo humano en que no figuren partidarios del Fénix, también es cierto que no hay persecución o rigor que estos no hayan sufrido o ejecutado».

La secta del Fénix, por supuesto, tiene su secreto «puedo dar fe de que el cumplimiento del rito es la única práctica religiosa que observan los sectarios. El rito constituye el Secreto». En nuestra secta más moderna ocurre lo mismo, y como en aquella tan pero tan antigua que nació con el ser humano, el rito puede cumplirse —ya lo dijimos— en forma activa o falsamente pasiva. Pero ni mencionamos el Secreto, porque en nuestro caso lo desconocemos y es distinto para cada individuo. En la secta del Fénix puede ocurrir algo similar en el fondo del alma de cada sectario pero la acción es única, repetitiva aunque siempre diversa. En la iteratividad, es sabido, palpita la variación y el goce.

La secta de los microrrelatistas, de la cual ninguno miembro es ajeno a la otra oscura secta, tiene una ventaja sobre los cultores y especialmente las cultoras del Fénix. Durante siglos, a la gente de bien y hasta al mismo difusor de la secta, el nombre del Secreto les estaba vedado aunque su práctica era en muchos casos rutina. Los microrrelatistas, en cambio, como casi todos hoy día, solemos mencionar el nombre del Secreto de la borgeana secta del Fénix con todo desparpajo, pero tenemos el mérito de poder describirlo de la manera más sucinta, a saber: *el sexo*, ese juego de encastre.

Nuestro problema es otro. No hay nombre para nuestro secreto, es infinito y único como Dios porque está oculto en todos los repliegues del lenguaje. Lo sacamos a la luz con cuentagotas, logrando que se esconda en otra parte. Cosa que agradecemos porque nos impulsa a seguir y seguir por los más inesperados derroteros, teniendo siempre en cuenta las sabias palabras de Meister Ekhart: «Sólo la mano que borra puede escribir la verdad».

Índice